나의 포근했던 아현동

나의 포근했던 아현동

박지현 지음

평생을 살아온 동네를 떠나 새로운 곳에 자리 잡은 지 5년이 되었습니다. 서울에서는 역 사이의 거리가 짧아 네 정거장은 거뜬히 걸어 다닐 수 있었던 것과 달리, 이곳은 한 정거장의 거리를 걷는 데만 이십 분이 넘게 걸리기도 합니다. 네모난 간판이 벽면을 가득 채우고 있는 빌딩은 많지 않고 쉬이 지나칠 법한 곳에서 보석같이 빛나는 가게를 찾을 수 있죠. 길게 늘어선 가로수 공원을 걷다 보면 나 자신이 그 풍경 속에 서서히 물들어가는 모습이 새롭게 느껴집니다.

길을 걷다가 우연히 재래시장에 들어서면 그제야 이전 동네의 풍광이 겹쳐 보입니다. 내용물이 무엇인지 모르지만 검정 비닐봉지를 가득 채운 물건, 거스름돈을 내주기 위해 계산대로 향하는 분주한 몸놀림, 안부를 나누는 건지 흥정하는 건지 모를 다소 상기된 목소리까지. 서서히 익숙해지는 동네에서 이전에 오랫동안 살았던 동네의 모습이 또다시 겹쳐 보입니다.

사라지는 것이 아쉽습니다. 하지만 사라진다고 해서 잊어버리는 것은 아니기에 그리고 그 시간 속에 우리 모두가 있었기에 아쉽지 않습니다. 사 년 만에 '시작하는 이야기'를 새로 쓰면서 연락 주신 독자들과 편지를 나누었던 감정이 새록새록 떠오릅니다. 짧지 않은 시간을 지나온 이 책이 새로운 옷으로 갈아입고 출간될 수 있도록 이야기를 나눠 주신 모든 분께 감사를 전합니다. 여전히 그 자리에서 동네를 지키고 계신 분, 나고 자란 동네를 떠나 다양한 곳에서 이야기를 만들어 가고 계신 분, 그 모든 분께 산책로 같은 책으로 읽혔으면 좋겠습니다.

2022년 봄
박지현

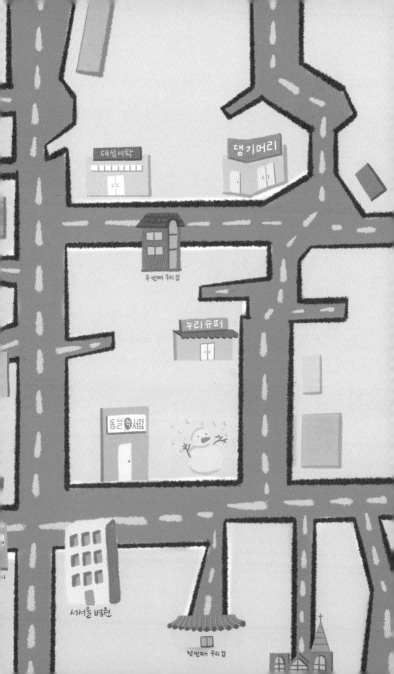

차 례

다모아 치킨

서서울 병원 사거리

통일 서점

곱창전골

1장.

정도약국 가기 전에
우회전이요

다모아 치킨

아현동은 골목이 많고 오밀조밀하다. 그렇기에 길가에 있는 상점들이 지표가 되곤 하는데 그중 '정도약국'은 동네 초입에 있어 길을 가늠하기에 아주 좋은 첫 번째 이정표가 된다. 약국을 왼쪽에 두고 골목으로 들어오면 바로 '다모아 호프'라는 음식점의 간판이 보인다. (몇 년 전, 호프집 맞은편에 새로운 치킨집이 생겼지만 우리 가족은 '다모아 호프'에서 파는 치킨을 좋아해서 자주 갔다.)

다모아 호프는 간판을 비롯해 외관에서 특별히 눈에 띄는 점이 없다. 투박한 상호에 수수한 외관이라 낮에 지나가면 장사를 하는 집인지 분간이 안 갈 정도다. 그러나 밤에 이곳을 지나갈 때면 숯불에 닭 굽는 냄새가 진동하여 고개를 한 번쯤 안 돌릴 수가 없다. 어렸을 적엔 그것이 무슨 냄새인지 몰랐다. 원체 나무 타는 향을 좋아했기에 골목 안쪽에 종이 태우는 곳이 있으려니 생각하며 지나갔는데 처음으로 부모님과 함께 방문한 이곳 '다모아 호프'에서 그 냄새의 원천을 찾았다.

가게 앞을 지나만 다녀봤지, 내부에 들어온 건 그때가 처음이었다. 부모님께서 닭을 굽고 있는 주인에게 간단한 인사를 하고 들어가시자 잠시 후 아주머니가 다가오셔서 살갑게 말을 거셨다. "딸이야? 어렸을 때 오고 처음 오는 거네." 몇 마디를 나누시던 아주머니는 고개를 돌려 이내 뿌연 연기가 가득한 주방으로 들어가셨다. 손가락 마디마디에 까만 그을음이 묻은 흰색 목장갑을 낀 채 팔뚝만 한 집게를 양손으로 들고 철판 위에 있는 닭을 엎었다 뒤집었다 하시는 모습이 인상 깊었다. 희뿌연 연기 속에서 기침 한 번 하지 않는 아주머니가 신기했다.

처음으로 나온 음식은 얇게 채 썬 양배추 위에 케첩과 마요네즈가 어지럽게 뿌려진 샐러드였다. 이어서 나온 숯불향 가득한 치킨에 밀려 거의 먹진 않았지만. 동생과 나는 포크는 제쳐 두고 치킨 다리에 휴지를 돌돌 감아 엄지와 검지를 이용해 들었다. '세상에 이런 맛이라니!' 정신없이 먹고 있는데 아주머니가 짬이 나셨는지 다시 오셨다. 부모님의 오랜 단골집이었던 이곳은 연애 시절뿐만 아니라 결혼하고 나서도 자주 오는 곳이었다고 하셨다. 처음 듣는 이야기에 동생과 나의 눈은 점점 커졌다. '이곳이 이십 년 전부터 있었구나.'라고 생각하며 주위를 둘러보니 그제야 세월이 묻은 벽지와 기름때가 겹겹이 쌓인 책상이 보였다. 아주머니께서 말씀을 마치시자 연애 시절이 떠올랐는지 엄마도 이야기를 덧붙이셨다. 바로 이 책상에 앉아 아빠와 치킨을 먹었는데 손바닥 크기도 안 되는 작은 냅킨에 볼펜으로 무언가를 그렇게 끄적거려 건네주곤 했다고…. (아빠는 기억이 안 난다고 하셨다.)

'그때도 두 분은 여전하셨구나'라고 생각하며 동생과 웃었다. 연애 시절을 지나 결혼하고 이십 년이란 시간이 흐르고 나서 여전히 추억이 남아있는 공간에 방문해 자식들과 치킨을 먹는 기분은 어떨까? 이 책상에 앉아 있으니 시간 여행을 하듯 또 다른 추억을 찾는 기분이 든다. 과거와 현재를 동시에 아우르고 있는 이 호프집은 지나가기만 해도 타임 리프(time leap)를 하듯이 시간 속에 빨려 들어가는 느낌을 받는다.

서서울 병원 사거리

호프집을 지나면 정면에 큰 사거리가 보인다. 지하철역으로 이어지는 길과 동네에서 가장 큰 종합병원이 있는 이곳은 하루 종일 유동 인구가 많다. 항상 사람이 많을 뿐만 아니라 교통체증이 특히 심했다. 언덕에 있는 가구거리에서 출발한 트럭과 병원의 구급차, 배달 오토바이와 개인 차량들, 그 가운데를 빠르게 걸어 다니는 사람들까지. 이곳은 그야말로 혼돈의 중심지였다. 길 한쪽에는 장사하는 사람도 많았다. 귤을 한가득 트럭에 싣고 와 파는 아저씨도 있었고 역으로 들어가는 초입에선 떡볶이와 어묵을 팔기도 했다. 갑작스레 추워진 겨울이면 동전 두 개로 산 어묵을 입에 물고서 용처럼 연기를 내뿜으며 집까지 걸어가곤 했다.

많은 행상 중에는 병원 맞은편 파란색 공중전화 부스 앞에서 겨울에서 늦은 봄까지 계란빵을 파는 분이 계셨다. 계란빵은 그 거리에서 내가 제일 좋아하는 간식

거리였다. 소금이 살짝 뿌려진 짭짜름한 반숙 계란에 폭신한 카스텔라의 달콤한 냄새가 풍기면 '벌써 겨울이 왔구나'하고 계절을 느꼈다. 주문하고 기다리는 동안 계란빵이 만들어지는 모습을 보는 것도 크나큰 재미였다. 좀처럼 말씀이 없으시던 아저씨는 손이 굉장히 빠르셨다. 김이 모락모락 나는 빵틀에 반죽을 붓고 그 위에 날계란 한 알을 깨트려 뚜껑을 덮고 돌리는 걸 반복하는 모습을 보고 있으면 '나도 한번 해보고 싶다.'라는 생각도 들었다. 다 익은 빵이 찜기 위에 올려져 종이컵에 담기기 전까지 말이다.

그렇게 옷을 두툼하게 입을 시기가 되면 매번 계란빵을 사러 사거리로 향하곤 했는데, 어느 때부터인가 계란빵 아저씨가 보이지 않았다. 겨울에만 장사를 하셨기 때문에 시기를 알 순 없지만 확실한 건 내가 중학교에 올라간 이후부터는 아현동에서 아저씨의 계란빵 기계를 볼 수가 없었다. 이유는 모르겠다. 워낙 말수가 적으신 분이기도 했지만 눈인사만 하는 사이여서 아무런 인사 없이 헤어진 것이 못내 아쉬웠다.

다른 곳에서 계란빵을 사 먹어도 이상하게 그때 그 맛이 안 난다. 그렇게나 달콤하고 고소한 계란빵이었는데…! 요새 파는 계란빵은 크기도 작고 단맛도 덜한 것 같다. 계절, 감정, 맛 등 모든 감각이 그 시간을 나타내는 추억이 되었다.

완성된 계란빵을 담아주던 모습이 떠오른다

가구거리로 올라가는 사거리에서 왼쪽으로 이어지는 골목에 서점이 있었다. 동네에서 유일하게 운영하던 서점 두 곳 중 한 곳이었는데 세 명이 들어가면 일렬로 서서 책장만 바라봐야 하는 아주 작은 규모의 서점이었다. 두 평 남짓한 공간이지만 입구에서부터 천장까지 책이 빼곡하게 꽂혀 있었다. 서점 문을 열기 전부터 공간을 가득 채우고 있는 책 냄새가 풍겨나서 서점 안쪽이 궁금해지는 곳이었다.

가족과 외식을 하는 날엔 열 시가 넘어서도 열려 있던 그곳에 들어가 엄마와 함께 책 한 권을 사서 집으로 돌아오곤 했다. 책방은 중년 부부가 운영하셨는데 주로 아저씨가 자리에 계셨다. 어린 나의 기억 속 아저씨는 딱히 친절하신 편은 아니었다. 항상 무뚝뚝한 표정과 안경 사이로 살짝 찡그린 이마에 말투도 딱딱해서 엄마와 같이 가지 않는다면 굳이 혼자 갈 생각은 하지 않았다.

　엄마와 손을 잡고 들어간 책방은 나에게 무척이나 재밌는 공간이었다. 어린이 만화 잡지부터 과학 만화, 큼직한 글씨가 쓰여 있는 시집, 소설책 등이 있었다. 눈이 부시도록 하얀 두 개의 형광등 아래 빽빽하게 꽂혀 있는 책 중 한 권을 낑낑거리며 꺼내는 것도 재밌었다. 당시에는 어린이 만화 잡지 같은 것을 사면 서비스로 만화 캐릭터가 그려진 공책이나 필통 같은 것을 부록 형태로 끼워 봉투에 담아 주셨다. 그것이 주인아저씨의 재량인지 모르고 책을 사면 다 주는 것으로 생각했다.

　여느 때와 같이 외식 후 엄마와 손을 잡고 서점에 들러 책을 골랐다. 엄마가 계산하고 거스름돈을 받을 때까지 봉투를 쥐고 있는 아저씨의 손을 쳐다봤다. 봉투를 받아 든 엄마는 인사를 하고 출구로 나가시려고 했다. 순간 멍하니 서서 나가지 않고 있는 나를 아저씨와 엄마가 의아하게 쳐다보셨다. 그때 아무 생각 없이 아저씨를 바라보며 말했다. "서비스 안 주세요?"

이 한마디에 엄마의 얼굴은 새빨갛게 물들었다. 잠시 멍하던 아저씨는 그제야 박장대소하며 연필과 필통 따위의 서비스를 한가득 안겨 주셨다. 서점을 나와 집으로 걸어가면서 속사포처럼 쏟아내는 엄마의 설명을 듣고 난 후 내 얼굴도 새빨개져 버렸다.

많은 추억을 안겨 주었던 작은 서점은 중학교에 입학하기 전 갑자기 셔터를 굳게 내리고 사라졌다. 하루아침에 간판만 남은 자리를 보며 계란빵 아저씨 때와 마찬가지로 아쉬운 감정이 들었다. 오며 가며 눈길을 주던 곳이기에 서점 문이 닫힌 그날은 습관 하나가 사라져 버린 날이었다.

곱창전골

우리 가족은 먹는 것을 굉장히 좋아한다. 요리를 좋아하시는 아빠의 영향도 있고 운동을 다니시며 동네의 다양한 음식점에서 점심 모임을 하시는 엄마의 영향도 있다. 그래서 우리 가족은 현재도 아현동에 단골집이 많은데 그중 한 곳이 바로 숯불 갈빗집이다.

"곱창전골집으로 와. 사거리 입구에서 가까워."라는 엄마의 설명을 들으며 그곳을 찾았지만 결국 못 찾고 전화했다. 아무리 눈을 씻고 찾아봐도 '곱창전골'이라고 쓰인 간판은 없었다. 항상 다니는 길목에 있는데 왜 못 찾느냐는 엄마의 핀잔을 들으며 겨우 도착한 음식점은 알고 보니 메인 메뉴가 '곱창전골'이었고 간판에는 '삼호 숯불갈비'로 적혀 있었다.

제대로 설명을 안 해줬다고 입을 삐쭉 내밀고 실랑이를 벌이고 있는데 주인아주머니께서 웃으시며 물통과 컵을 들고 오셨다. 주인아주머니는 성인이 된 나를 처음 보시지만 어렸을 적의 나는 본 적이 있으시다는데 내 기억 속엔 이곳에 왔던 기억이 흐릿했다. 물을 마시며 천천히 식당을 둘러보고 있는 동안 아주머니는 휴대용 가스레인지를 준비해 주셨다. 부탄가스를 갈며 익숙하신 듯 '아빠는 잘 있냐'고 묻는 아주머니의 말씀에 엄마는 살갑게 안부를 전하셨다.

점심시간이 지나 식당엔 손님이 우리밖에 없었는데도 엉덩이 밑이 따끈했다. 우리를 위해 마룻바닥을 데워 주신 아주머니의 배려였다. 엄마와 실랑이를 마치고 학교 이야기를 하고 있는데 바닥이 넓적하고 깊은 냄비에 각종 채소와 당면, 곱창이 진한 육수와 함께 푸짐하게 담겨 나왔다. 보기만 해도 군침이 돌았다. 음식과 함께 주문한 맥주병을 잡으니 손가락 사이로 표면의 차가운 물방울이 새어 나왔다. 목구멍을 타고 빠르게 넘어간 맥주는 눈앞에 있는 음식에 대한 기대를 높였다. 보글보글 끓고 있는 빨간 육수를 한 숟가락 떠서 입에 넣었다. 순식간에 속이 따뜻함으로 채워졌다. 허기를 다 채우고도 남을 정도로 따뜻했다. 쫄깃하지만 질기지 않은 곱창과 향을 돋우는 쑥갓 그리고 마지막까지 아껴 두어 건드리기만 해도 사르르 부서져 버리는 부드러운 무까지 정말 맛있었다. 밥그릇에 붙어있던 마지막 한 톨을 입에 넣을 때까지 다양한 방법으로 한 공기를 비웠다.

속이 든든해지는 전골과 바닥에서 전해지는 따뜻한 온기 그리고 상냥한 아주머니 덕분에 이곳이 왜 아빠 엄마의 단골집이 되었는지 알 것 같았다. 이젠 멀리서도 간판이 잘 보인다. 식당 앞을 지나쳐 갈 때마다 괜스레 입가에 미소가 지어진다.

2장.

아현가구거리 안쪽으로
쭉 들어가 주세요

가구단지의 눈사람

　아현동에서 유일하게 이름이 붙여진 거리는 '아현동 가구단지'다. 병원이 있는 사거리 입구 가게에서 충정로역으로 향하는 언덕 골목에 있는 마지막 가게까지 천천히 걸으면 15분 정도 걸린다. 결혼 전 혼수를 준비하거나 새집을 꾸미기 위해 많은 사람이 가구를 직접 보러 다녔다. 1970~80년대엔 수요도 높고 관심도 많아 가구점이 점차 늘기 시작하더니 공간에 맞게 직접 상담하고 제작과 배송, 설치까지 진행할 수 있는 점이 장점으로 부각되어 가구단지엔 손님이 항상 바글바글했다. 1990년대엔 골목을 이루고 있는 가게가 모두 가구점으로 바뀔 정도였다.

　가구점 영업은 종합 서비스직이다. 손님이 오면 전공 서적의 두 배가 넘는 빳빳한 도록을 가지고 와서 상담 시 손님의 니즈를 파악해야 했다. 그래서 아저씨들은 대부분 빳빳하게 다린 회색이나 검은색의 양복바지에 각진 가죽 벨트, 흰 와이셔츠를 입고 가게 앞 의자에 앉아 계셨다. 날씨가 더운 여름이면 아저씨들은 반소매 와이셔츠를 입고 부채를 부치며 옆 가게 아저씨와 이야기를 나누셨다. 다닥다닥 붙어있는 같은 업종의 특성 때문인지 몰라도 주인아저씨들끼리 가족처럼 친하게 지내셨다.

우리 가족 중에도 친할아버지와 아빠의 두 형제가 함께 가구단지에서 가구점을 운영했다. 그래서 골목을 지날 때면 눈을 마주치는 모든 주인아저씨께 인사를 해야 했다. 얼굴을 몰라서 인사를 못하는 일이 생기지 않도록 주인아저씨들의 특징을 잡아 별명으로 만들어 기억하곤 했는데 피부 톤이 어둡고 마른 아저씨는 '기린 아저씨', 손이 하얗고 와이셔츠가 항상 빳빳했던 아저씨는 '식빵 아저씨', 판다 모양 간판 밑에서 일하던 아저씨는 아저씨의 가게 이름을 따서 '샘표 아저씨'라고 불렀다. (인사를 하다가 새어 나온 입버릇으로 별명을 들킨 적도 있었다.)

가구점 아저씨들은 계절이 바뀌어도 늘 유쾌해 보였다. 이따금 함박눈이 내리는 겨울날이면 등굣길에 툴툴대시는 아저씨들의 소리가 들렸다. 가구를 운반하고 새로운 가구를 들여오는 데 도로 상태가 굉장히 중요해서 눈이 쌓이기 전에 분주하게 비질을 해야 했기 때문이다. 그런 날 하굣길에 가구단지를 지나다 보면 어김없이 가구단지 입구 전봇대에 커다란 눈사람이 만들어져 있었다. 불평과 귀찮음을 가득 담아 한쪽으로 치워둔 눈으로 만들어진 커다란 눈사람은 내리던 눈이 그치고도 이틀이 지나야 녹을 정도로 거대했다.

이 거대한 눈사람을 동네 주민이 출퇴근길에 지나다니며 꾸몄는데 어떤 언니는 빨강과 초록 실이 섞인 체크무늬 머플러 두 개를 엮어 목에 둘러주기도 하고 어떤 아주머니는 껍질을 깎지 않은 커다란 당근을 눈사람의 코 위치에 꽂아 놓고 가시기도 했다. 또 어떤 가구점 아저씨는 사람 손처럼 끝 부분이 다섯 갈래로 갈라진 나뭇가지를 가져와서 눈사람의 팔을 만들어 주시기도 했다. 가구단지의 가게 주인뿐만 아니라 주민도 말은 안 했지만 겨울마다 다들 눈이 오길 기다렸다.

우리 가게 놀이 코스

가구거리 안쪽으로 들어서서 중간에 삼거리를 지나 언덕배기에 이르면 빨간색 간판 위에 흰색으로 글씨가 쓰인 가구점이 있다. 이곳은 친할아버지와 아빠의 삼형제가 같이 운영하는 곳인데 1층은 가구점, 2층은 할아버지와 할머니가 사시는 집이었다. 우리에게 할아버지 가게는 가구점이라고 쓰고 놀이터로 불리는 곳이었다.

그땐 내 몸집이 작아서인지 모든 가구가 크게 느껴졌다. 할아버지와 할머니는 어린 손주들이 가게에서 노는 것에 상관하지 않으셨다. 그래서 더 날뛰며 놀았다. 당시 큰아빠의 딸인 사촌 언니가 두 명 있었는데 내 동생이 태어나기 전이라 사촌 언니들은 나의 좋은 친구가 되어 주었다. 우린 하교 후에 약속하지 않아도 가구점으로 모였다. 주로 가게에서 숨바꼭질을 했는데 큰 가구들 사이에 숨으면 잘 들키지 않았기에 가구점은 최적의 장소였다. 몸의 여섯 배는 될 만한 자개장롱에 들어가 숨기도 하고 정사각형의 작은 컴퓨터 책상 밑에 몸을 구겨 넣어 숨으면 온종일 발견되지 않을 수도 있었다. 그렇게 가구들 사이를 열 번쯤 뛰어다니다 보면 지부장 아저씨(형제 외에 가구점에서 일하시던 부장 아저씨)에게 발각된다. 그럴 땐 빛보다 빠르게 가구점 뒷문 초록색 철제 계단을 통해 2층에 있는 할아버지 집으로 도망갔다.

2층의 할아버지 집은 1층보다 훨씬 재밌는 게 많았다. 내 몸집의 세 배는 될 법한 크기의 가죽 의자와 어른 손으로 스무 뼘 정도 되던 할아버지의 큰 유리가 덮인 책상 위엔 우리 집에서는 볼 수 없는 다양한 물건이 놓여 있었다. 먹, 벼루, 각종 붓, 뽑아도 계속 나오는 흰 종이, 이상한 기계음을 내며 삑삑거리는 팩스 전화기, 겹겹이 쌓인 문서들.

우린 흰 종이를 한 움큼씩 뽑아 바닥에 길게 놓고 각자 그림을 그렸다. 그러다 펜을 힘껏 눌러 종이에 구멍이라도 생기면 종이를 소파 밑에 구겨 넣었다. 그러고는 옷방에 가서 옷장 안에 있는 옷을 모두 꺼내 패션

쇼 준비를 시작했다. 디자이너는 주로 둘째 언니였는데 할아버지의 넥타이를 머리에 빙 둘러매 주고 화려한 자색 꽃무늬의 고무줄 바지에 손을 넣어 상의를 만들고 나서 여러 겹의 수건을 둘러 하의를 만들었다. 그렇게 차려입고 종이를 치운 방을 복도 삼아 한 명씩 워킹을 했다. 그때 우린 매우 진지했다.

패션쇼까지 마치면 소파에 누워 티브이를 틀었다. 정해진 시간만큼만 볼 수 있었던 우리 집과는 달리 할아버지 집에서는 투니버스, 챔프 등 다양한 만화 방송을 제약 없이 마음껏 볼 수 있었다. 투니버스는 새벽 시간에 어른용 만화를 방영해 주기도 했다. 어른이 되고 나서야 명작이었다는 것을 알게 된 '카우보이 비밥'과 같은 만화 말이다. 티브이 화면 아래 지렁이처럼 지나가는 이후의 방송 편성표에서 당시 인기였던 '웨딩피치', '꼬마 마법사 레미', '천사소녀 네티'와 같은 제목이 나오면 우린 환호성을 질렀다. 시청 시간이 무한대로 늘어난 그 시간과 자유를 사랑했다. 작은 새끼손가락 세 개가 모여 밤새도록 티브이를 보기로 약속했다.

조용히 좌우로 흔들리던 묵직한 시계추가 별안간 소리를 냈다. 밤 아홉 시를 뜻했다. 할아버지와 할머니가 집으로 돌아오셨다. 어질러져 있는 물건은 아랑곳하지 않으시고 조용히 냉장고 쪽으로 걸어가셨다. 차가운 우유에 설탕 한 티스푼을 넣고 휘휘 저어 만드는 할아버지의 특제 설탕 우유를 만들기 위해서다. 에스프레소 커피잔같이 한 손에 쏙 들어오는 작은 컵에 한 잔씩 담아서 나눠주셨다. 입안에서 설탕 알갱이가 간간이 씹히던 설탕 우유는 많이 먹으면 안 된다는 할아버지의 철칙 아래 하루 한 잔만 제조되었다. 물 내음이 나던 작은 유리잔으로 마실 때가 제일 맛있었던 설탕 우유는 우리 놀이터의 마무리 코스였다.

24시간이 모자랐던 놀이 코스

첫 번째 우리 집

오래된 기억 속에 자리한 첫 번째 우리 집은 할아버지의 가구점에서 불과 50초 거리에 있었다. 할아버지 가구점에서 건너편으로 열 걸음 정도 걸으면 가구점과 싱크대 가게 사이에 골목이 하나 나온다. 길게 이어진 콘크리트 길을 따라 다섯 걸음 정도 걸으면 우리 집 대문 앞에 다다를 수 있었다. (십 년이 지난 후 그곳은 소파 전시장으로 바뀌었다가 현재는 카페로 변했다.)

나는 동생이 태어나기 전부터 초등학교 3학년을 마칠 때까지 살았던 그 집을 좋아했다. 한옥과 근대 건축 양식이 합쳐진 구조물이었는데 방이 많진 않았지만 아담한 중정도 있었고 낮 동안엔 햇빛이 가득 들어오는 집이었다. 특히 마당을 좋아했는데 어쩌면 그곳에서 동물을 키울 수도 있겠다는 희망 때문이었다. 첫 번째는 토끼였다. 털이 하얗고 눈이 새빨간 토끼를 엄마가 어디에서 데려오셨다.

아빠가 종이 상자로 토끼집을 만들어 주었고 우린 상추 등의 채소를 먹이로 갖다 주며 설렘 반, 두려움 반으로 정성껏 길렀다. (집에서 삼겹살을 구워 먹는 날, 고기는 먹지도 않고 식탁에 올라온 상추를 토끼에게 먹이로 계속 갖다 주기도 했다.)

근 1년간 그림 일기장을 육묘(育卯)일기로 채우던 중 청소해 주려고 아빠가 토끼집 문을 연 순간, 쓰지 않던 작은 샛문 틈으로 토끼가 뽀얀 엉덩이를 쏙 넣더니 탈출해 버렸다. 너무 순식간에 일어난 일이라 아빠와 나는 어안이 벙벙해서 그 자리에 서 있기만 했다. 이후에 눈이 오던 추운 겨울날, 도망간 토끼가 이렇게 추운데 어떻게 살 수 있겠느냐고 울며불며 난리를 쳤다. 끝내 토끼는 돌아오지 않았고 첫 번째 동물 키우기는 그렇게 끝이 났다.

두 번째는 개였다. 나는 정말 너무나도 강아지가 기르고 싶었다. 아빠는 동물을 좋아했지만 엄마는 무서워했다. 어느 날 집 대문이 열리더니 아주 큰 개 한 마리가 아빠 품에 안겨 들어왔다. 짙은 갈색과 검은색 털이 오묘하게 섞여 있는 성견 진돗개였다. 수도꼭지에 목줄을 매어 놓고 한참을 쳐다보고 있는데 얼마 되지 않아 낮잠에서 깬 엄마가 진돗개를 보게 되셨다. 큰 개가 무서우셨던 엄마는 문 사이로 얼굴만 빼꼼 내어놓고 한껏 성이 난 가자미 눈으로 '지금 당장 개를 돌려주고 오라'고 소리를 지르셨다. 우리 집에 발을 들인 두 번째 동물은 그곳에 온 지 반나절도 되지 않아서 다시 주인에게 돌아갔다. 그렇게 우리 집은 지금까지 동물을 안(못) 기르고 있다.

우리 가족에게 첫 번째 집은 추억이 많은 곳이다. 머무는 동안 너무 즐거워서 이사를 가야할 땐 아쉬웠다. 일을 마치고 돌아온 아빠를 졸라 등에 업혀 도착한 장난감 가게에서 요술봉을 산 것도 좋았고 여름이면 튜브에 바람을 넣고 풀장을 만든 다음 신나게 놀던 기억도 좋았다. 초겨울엔 마당에 큰 돗자리를 깔아 놓고 김장하시던 외할머니의 어깨를 안마해 드리는 것도 좋았다.

동생이 생기고 초등학교 4학년에 올라갈 때 처음으로 이사를 하게 되었다. 구석마다 빠뜨리는 것 없이 짐 정리를 해서 마당 한가운데 짐을 모아 두었다. 부피가 컸던 피아노는 대문 앞 골목에 내놓았는데 하필 밤새 소나기가 내려 흠뻑 젖었다. 들릴까 말까 하는 먹먹한 소리의 건반을 몇 번 튕기다가 골목 끝에 도착한 이삿짐센터 차를 발견하고 집 안으로 뛰어 들어갔던 게 나의 마지막 기억이다.

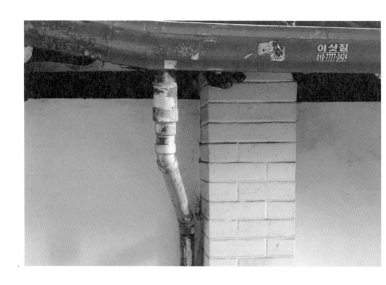

비탈길의 김밥집

댕기머리 사거리 그리고 누리슈퍼

집 앞 채소차

초록 대문 집

3장.

이쪽으로 나가면 충정로,
여기서부터는 걸어가자

비탈길의 김밥집

    택시를 타면 이곳에서 하차한다. 가구거리의 마지막 언덕이자 '충정로'와 '애오개'로 나갈 수 있는 중간 길목에서 말이다. 집 앞까지 들어가 달라고 하기엔 골목이 너무 좁고 복잡했기에 보통 이곳에서 내려 집까지 걸어갔다. 기사님께 저쪽으로 나가면 '충정로'라고 설명하고 나서 아무 말 없이 내린 가족은 익숙하게 언덕을 올라간다. 그 언덕의 오른쪽 비탈길엔 옛날식 김밥집이 있다.

    우리 가족은 김밥을 좋아한다. 간편하고 먹기도 편해서다. 근데 불과 몇 년 전까지만 해도 집 근처에 김밥집이 없었다. 만들기 귀찮아도 직접 김밥을 만들어 먹어야 했다. 첫 번째 집에서 불과 3분 거리의 두 번째 집으로 이사 오고 3년이 지나자 동네에 김밥집이 생겼다며 엄마가 콧노래를 부르셨다. 깔끔한 맛이 일품인 데다 아주머니도 친절하다고 하셨다.

많은 재료가 들어간다고 해서 김밥이 다 맛있지는 않다. 시금치, 두툼한 달걀부침, 우엉조림 등 적당한 양의 김밥 재료가 각각 간이 알맞게 배어 있어야 한 몸이 되어도 담백한 맛을 낸다. 새로 생긴 김밥집의 음식이 그러했다. 우리 가족은 가게 오픈 날부터 단골이 되었다. '오늘은 안 열었겠지?' 싶은 날에도 부지런한 주인아주머니 덕분에 맛있는 김밥을 맛볼 수 있었다. 어쩌다 아침 일찍 여의도에 나들이라도 가는 날이면 어김없이 김밥집으로 달려가 두 줄을 가방에 소중히 넣고 출발했다.

김밥집 입구에는 '따닥' 소리가 나는 구슬발이 걸려 있었다. 가게 안에는 작은 원형 식탁 두 개와 플라스틱 의자 네 개가 전부였지만 조금은 심심한 내부 분위기를 바꿔주는 역할을 했다.

하교 후에 배가 너무 고픈 날이면 라면 한 그릇을 먹고 나오기도 하고, 뜨거운 태양에 몸이 푹 익어버리는 무더운 날엔 김밥 한 줄과 여름 별미인 시원한 콩국수를 먹기도 했다. 작은 밥상에 앉아 경사진 도로를 지나가는 사람들에 의해 구슬발이 미세하게 흔들리는 모습을 보고 있으면 작은 것 하나까지 한 편의 그림처럼 느껴지기도 했다.

사진을 잘 들여다보면 김밥집이 보인다

댕기머리 사거리
그리고 누리슈퍼

김밥집을 지나 앞으로 쭉 걷다 보면 큰 사거리가 나온다. 그곳에 '댕기머리' 미용실이 있다. 동네 초입에 있는 이 미용실은 오랫동안 그 자리를 지키고 있었다. 두 번째 집으로 이사 오기 전부터 있었으니 족히 15년은 넘었다. 친구에게 집 위치를 알려줄 때도 "사거리에 있는 댕기머리 건너편이야."라고 말할 정도로 우리 동네의 가장 중심에 있었다. 그리고 미용실을 등진 채 왼쪽으로 내려가면 '누리슈퍼'라는 잡화점이 있었다.

집에서 제일 가까운 구멍가게라서 자주 갔었다. 누리슈퍼의 주인 가족과 우리 가족은 모두 친했다. 그 덕분에 우리 가족이 구입하는 음식이나 물건은 모두 외상이 가능했다. 언제든 필요할 때 가서 물건을 골라 계산대 위에 올려두면 아저씨나 아주머니는 노랗게 바랜 장부에 날짜와 금액을 수기로 적고 봉지에 물건을 담아주셨다. 모인 금액은 매달 마지막 날에 아빠가 한꺼번에 계산하셨다.

슈퍼는 규모가 크지 않았다. 7평 남짓했던 누리슈퍼는 여느 구멍가게가 그렇듯 정말 있을 것만 딱딱 갖춰져 있었다. 각종 과자나 조미료 등을 올려두는 진열대와 가게 바깥에 있는 음료수 냉장고 세 대, 아이스크림 냉장고 두 대가 전부였다. 여름이면 내 키보다 훨씬 큰 아이스크림 냉장고 앞에 까치발을 들고 서서 한참을 고르고 있으면 아저씨는 매번 냉장고 문을 빨리 닫으라고 하셨다. 추운 겨울이면 일어나자마자 엄마에게 등 떠밀려 콩나물 사오라는 심부름을 가기도 했다. 하교 후엔 많지 않은 과자 종류를 여러 개 집어와 한입에 가득 넣으며 집까지 걸어가기도 했다. (그 당시에 살이 어마어마하게 불어났다.)

볕이 좋은 날이면 누리슈퍼 가족과 함께 전을 부쳐 나눠 먹기도 하고 아빠와 슈퍼 아저씨가 술잔을 기울이기도 했다. 하지만 7년 뒤 슈퍼를 운영하던 가족이 이사를 가면서 이별을 맞아야 했다. 당시는 재개발 등의 이유로 동네 사람들이 다른 지역으로 이사를 많이 가던 시기였다. 그 자리에 언제까지고 항상 있을 것만 같았는데 한순간에 누리슈퍼가 사라진다는 사실은 어린 나이에 큰 충격이었다. '누리슈퍼'라고 쓰인 간판이 내려지고 한동안 자물쇠가 채워진 채 방치된 슈퍼의 냉장고를 보며 그 길을 지나다녔다. 이후로도 꽤 오랫동안 그곳은 비워져 있었다.

집 앞 채소차

'누리슈퍼'에선 각종 잡화를 팔았지만 채소는 팔지 않았다. 그래서 채소가 필요할 때면 시장에 가야 했는데, 그런 우리 가족에게 시장에 가지 않고도 신선한 채소를 살 수 있는 날이 일주일에 세 번 있었다. 바로 우리 집 앞 건너편 차고지에 월, 수, 금요일 오후마다 이동식 채소 판매차가 방문했기 때문이다.

아현동은 건물과 건물 사이의 간격이 매우 좁았기 때문에 밖에서 들려오는 소리가 굉장히 잘 들렸다. 옆집에서 이야기하는 소리도 들렸고 간혹 골목에서 사랑 다툼을 하는 소리도 들려왔다. 바깥의 소리가 들려서 좋았던 점 중 하나는 바로 채소차가 방문하는 소리를 들을 수 있다는 점이었다. 정해진 요일에 방문하지만 시간이 일정하진 않았기에 오후가 되면 '지금쯤 오실 텐데' 하며 기다리고 있다가 '부르릉' 소리가 들리면 주방에 딸린 작은 창문을 통해 바깥을 내다본다.

채소차는 부부가 운영하셨다. 트럭 짐칸에는 수많은 채소 상자가 오밀조밀하게 자리하고 있었다. 트럭을 주차하고 나서 상자째 꺼내진 각종 채소가 금방 차고지 앞에 진열되었다. 그때부터 어디선가 사람들이 하나둘 나타나 순식간에 시끌벅적한 시장이 형성되었다. 호박, 감자, 당근과 같은 채소와 사과, 배, 귤 등의 과일, 가끔은 오징어, 갈치 같은 해산물도 있었다.

엄마와 함께 내려가 물건을 고르면, 주인아저씨와 아주머니가 트럭 지지대 봉에 달려 있는 검은 비닐봉지를 하나 떼어 물건을 넣고 허리에 찬 전대에서 빛바랜 지폐 뭉치를 꺼내 거스름돈을 거슬러 주시는 모습을 보는 게 재밌었다. 같은 품목이어도 날에 따라 혹은 물건 상태에 따라 부르는 값이 달랐기 때문에 거스름돈도 항상 달랐다. 거스름돈이 많은 날엔 심부름 값으로 일부를 받을 수 있었기에 물건을 담고 금액을 부를 때까지 말똥말똥한 눈으로 아저씨를 바라보곤 했다.

고등학교에 다니면서는 시간대가 맞지 않아 그 채소차를 보지 못했다. 다행히 사진 촬영을 하러 갔던 2018년도에도 그 차고지에 아저씨의 트럭이 있었던 걸 보면 지금도 계속 그 동네에 오시는 것 같다. 직접 뵙진

못했지만 장사하시는 모습을 보며 왠지 모를 안도감이
들었다.

채소차 옆에서 바라본 풍경

초록 대문 집

가구점 골목에 있는 첫 번째 우리 집에서 3분 거리인 두 번째 집은 대문이 초록색이었다. 처음부터 초록색은 아니었다. 평범한 회색 철문이었는데 할아버지가 이삿짐을 옮기기 전에 손수 칠해 주셨다. 흰색 70%에 초록색 30% 정도가 섞여 민트색에 가까운 초록색은 건물 안에 있는 모든 문에도 골고루 칠해졌다. 그 덕분에 중후함을 풍기는 붉은 벽돌집에 생기가 돌았다.

대문 바로 위엔 직사각형 형태의 한 평 남짓한 공간이 있었다. 그곳에 흙이 채워져 있었는지 간혹가다 잡초가 대문까지 내려올 정도로 무성하게 자랐다. 아빠는 그곳에 벼를 심으시기도 했는데 너무 잘 자라서 대문 위가 황금 들판이 되기도 했다. 우리 가족은 '공중 정원'이라고 불렀다. (가끔 '쿵'하는 소리가 나면 '아빠가 떨어졌나?'하고 쳐다보기도 했다.) 지나가던 까치가 쉬어가기도 하고 고양이들이 낮잠을 자는 공간이기도 했다.

　두 번째 집의 내부는 3층과 4층이 붙어있는 복층 형태였는데 구조가 특이했다. 아빠 말씀으로는 어떤 괴짜 교수가 집을 지었다는데 당시 일반적인 가정집을 생각한다면 그리 실용적이지는 못한 집이었다. 문을 열고 신발을 벗은 다음 계단으로 올라가면 가족이 주로 사용하는 공간이 나온다. 주방과 합쳐진 거실과 안방, 그 외에 작은 방 두 개가 있었다. 크지 않은 규모의 3층 공간은 우리 네 식구가 사용하기에 알맞았다. 엄마는 주방이 좁다고 오래오래 불평하셨지만….

　3층에서 4층으로 이어지는 계단을 올라가면 다락방같이 생긴 넓은 공간이 있었는데 지붕의 모양이 그대로 반영되어 있어 이상한 나라에 있는 듯한 느낌을 주었다. 각진 지붕 모양을 따라 세모, 네모 등 천장의 모양이 다양했다. 후에 가구를 옮기던 이삿짐 아저씨들도 구조가 특이하다며 신기해 하셨다.

　4층 다락방은 여러 불편한 요소가 있었지만 한 가지 큰 매력이 있었다. 바로 창문에서 바라보는 풍광이었다.

이른 새벽엔 쏟아지는 별과 제일 가까웠고, 늦저녁엔 눈이 시릴 정도로 빨갛게 타들어 가는 노을을 볼 수 있었다. 작은 창문을 열고 나가 지붕에 기대 하늘을 계속 바라보았다.

이렇게 황홀한 매력이 있었던 반면 겨울은 무척이나 시렸다. 건물을 감싸고 있는 오래된 붉은 벽돌은 더 이상 단열 기능을 하지 못해 차가운 바람을 집안까지 통과시켜 방을 잇는 계단을 냉장고로 만들었다. 계단 층층이 매실청을 담근 병이나 쌀 항아리 같은 것을 내어두면 신선하게 유지되었다. 단점이라면 계단이 너무 차가워서 수면 양말과 패딩을 입지 않으면 4층에 올라갈 수 없었다는 것!

누리슈퍼에서 올려다 본 30초 거리의 우리 집

대성 세탁

굴다리

은행나무 길

배드민턴

1층 생물실

음악실

4장.

학교 다녀올게요

대성 세탁

아침 일찍 학교에 가는 것이 좋았다. 코끝에 서늘한 한기가 느껴지는 푸른 새벽은 사계절 내내 상쾌하고 맑았다. 차가운 공기를 느끼며 초록 대문을 나서면 골목의 집집마다 시계의 알람 소리가 들렸다. 천천히 언덕을 올라가면 세탁소에서 수증기가 솔솔 새어나오는 것을 볼 수 있다. 몇 시에 문을 여는 건지 알 수 없었다. 학교 일 때문에 평소보다 더 일찍 나간 날에도 어김없이 세탁소의 배관 통에서는 연기가 나오고 있었다.

'대성 세탁'이라고 큼직하게 쓰인 스티커 간판 아래 유리창 너머 열심히 일하는 아저씨가 보인다. 쉴 새 없이 폴폴 김이 나는 다리미로 옷을 다리고 계시는 아저씨는 항상 같은 얼굴이었다. 무표정인 것처럼 보이지만 미세하게 미소를 띠고 계신 얼굴.

우리 가족은 대성 세탁을 자주 이용했다. 그리고 우리만 그러는지 모르겠지만 세탁물을 맡겨 두고 항상 잊어버렸다. 친척 결혼식 때 입고 맡긴 엄마의 한복을 5년이 지나 갑자기 생각나서 찾아온 경우도 있었다. 한번은 교복 치마와 조끼를 금요일에 맡겼는데 일요일 늦은 저녁이 되어서야 교복이 없다는 사실을 깨달았다. 세탁소에 뛰어갔지만 늦은 주말 저녁이라 문이 닫혀 있었다. 뜬눈으로 밤을 지새운 다음 날, 등교 3시간 전에 일어나 상의는 교복 셔츠를 입고 하의는 수면 바지를 입은 채 세탁소로 달려가 교복으로 갈아입고 학교에 간 적도 있다. 그때의 기억이 인상에 남으셨는지 아저씨는 우리 가족만 보면 옅은 미소를 짓곤 하셨다.

이후로 학교에 가면서 유리창 너머의 아저씨께 가벼운 인사를 했고 세탁소에서 나는 특유의 냄새를 맡으러 아저씨 가게에 종종 놀러 가기도 했다. 무슨 냄새인지 정확히 모르겠지만 새 옷을 한 번 세탁한 다음에 따뜻한 김이 나오는 스팀다리미로 다렸을 때 나는 냄새가 좋았다.

재개발이 시작되면서 오랜 시간을 지켜 온 그 자리에서 바로 건너편으로 가게를 옮겨 여전히 장사하고 계시는 세탁소 아저씨. 이삿짐을 싣던 날 여전히 몇 년 동안

잊고 있던 세탁물을 찾으러 가서 엄마와 함께 인사를
드리고 문을 나섰다.

이삿날 아침, 마지막 세탁물을 찾았다

굴다리

세탁소를 지나 앞으로 계속 걸어가면 '경남 아파트'가 나온다. 그 아파트를 옆에 두고 왼쪽 큰길로 나가면 삼거리가 나오는데 바로 그곳에 기차가 지나다니는 '굴다리'가 있다.

어렸을 적엔 그곳이 뭔지 몰랐다. 길을 걷다 보면 나오는 아주 짧은 터널이라고 생각했다. 그러던 어느 날 북아현 3동에 있던 할머니 댁에 가는 길에 굴다리를 지나는데 굉음이 지속되는 것을 들었다. 순간 천장이 무너지는 줄 알고 깜짝 놀라 눈물이 맺히기까지 했던 기억이 난다. 엄마는 웃으시며 '이 위로 기차가 지나가는 소리'라고, '하루에도 몇 번씩 지나간다'고 알려 주셨다. '저렇게 기차가 격렬하게 지나가는데 괜찮은 건가?' 엄마의 설명을 듣고도 한동안은 갑자기 굴다리가 무너질까 봐 무서워서 기차 소리가 시작되기 전에 재빨리 뛰어가거나 기차가 완전히 지나갈 때까지 기다리곤 했다.

굴다리가 언제 생겼는지 모르지만 동네에서 나고 자라신 부모님 시절부터 있었다고 하셨다. 엄마는 굴다리 옆에 있던 집에서 살았던 적이 있으셨는데 밥상을 펴고 식구들이 밥을 먹으려고 할 때 기차가 지나가면 밥상 위의 그릇이 찰그락찰그락 소리를 내며 흔들리곤 했다고 말씀해 주셨다. 그래도 적응이 된 이후로는 다른 집으로 이사갈 때까지 기차가 지나가도 신경이 쓰이진 않았다고 하셨다.

시간이 흘러도 여전히 터널은 무서웠지만 기차가 지나갈 때 선로와 부딪히며 내는 소리는 묘하게 좋았다. 속을 시원하게 뚫어 주는 느낌이랄까. 그 소리가 좋아서 굴다리 바로 옆 곱창집에서 음식 포장을 기다리는 동안 지나가는 기차 소리를 듣고 있기도 했다.

굴다리 옆엔 곱창집뿐만 아니라 백반집을 비롯한 여러 가게가 있었다. 그리고 그 백반집엔 동네 사람이라면 다 아는 거북이가 있었다. 처음 봤을 때만 해도 주먹 두 개를 붙인 정도의 크기였는데 내가 중학생이 되고 나서 보니 거북이 몸통이 통에 꽉 찰 정도로 매우 커져 있었다. 자기 크기에 딱 맞는 통에서 찰박거리며 물장구를 치고 있는 모습을 지나다니는 사람 모두가 신기해하며 구경했다. 그런데 고등학교 2학년 때쯤 그 자리에서 통이 사라졌다. '거북이를 주인집에서 데려가 키우려나 보다' 하고 대수롭지 않게 넘겼는데 다음 날 통이 있던 자리에 글자를 꾹꾹 눌러 쓴 쪽지 하나가 붙어 있었다. "20년 넘게 키워 온 거북이입니다. 제발 돌려주세요."

어떤 사람이 밤새 가져갔는지 하루아침에 거북이가 없어졌다는 것이다. 시간이 지나도 결국 거북이는 돌아오지 못했고 통이 있던 자리엔 여전히 쪽지만 붙어 있다.

은행나무 길

아현동에 사는 초등학생 중 90%는 '아현중', '한성중', '중앙여중'에 진학한다. 등교 시간이 되면 아현중 학생은 지하철역 방향으로 걸어가고, 한성중 학생은 굴다리를 기점으로 왼쪽으로, 중앙여중은 오른쪽으로 발걸음을 옮긴다. 내가 다닌 중앙여중은 친척 언니들은 물론이고 엄마와 이모들까지 모두 다니셨던 학교다.

춘추복을 입고 학교 입구에 도착하니 높다란 건물들 사이로 길을 따라 늘어선 은행나뭇잎들이 바닥을 노랗게 물들이고 있었다. 풍경을 보며 걷다 보니 어느새 긴장이 풀렸다. (성인이 된 지금도 빛에 비치는 사물을 좋아하는 이유가 재학 시절에 보았던 그 풍경의 영향이 큰 것 같다.)

은행나무 길은 가을이면 노란 은행잎 속에 숨겨진 냄새나는 열매를 밟지 않기 위해 까치발을 들고 다녔다.

(까치발은 전혀 도움이 안 됐다.) 친구와 이야기하며 걷다가 무심코 디딘 발에서 이상한 느낌이 느껴진다면 역시나 은행 열매였다. 길을 걷는 사람 열 명 중 세 명은 소리를 질렀다. 노란 잎이 다 떨어진 겨울엔 가지에 소복하게 쌓인 눈이 마치 설탕을 끼얹은 모습 같아 바라볼 때마다 즐거웠다.

촬영을 위해 다시 학교에 방문했을 때 정문에 도착하기 전부터 저 멀리 은행나무가 보였다. 파란 체크무늬의 교복을 입고 무거운 가방을 메고 정문으로 뛰어가는 학생들에게서 지난날의 내 모습이 떠올랐다.

정문에 들어서면 보이는 은행나무

배드민턴

학교 정문을 지나 언덕을 올라가면 큰 운동장이 보인다. 왼쪽은 중학교, 오른쪽으로 쭉 들어가면 고등학교와 초등학교, 테니스 코트가 있다. 중학교로 향하는 언덕 옆 풀숲에는 흰색 석고로 만들어진 여인상 두 개가 있다. 하나는 여인의 모습을 담은 조각상이고 다른 하나는 옛날 교복을 입은 여학생 모습의 조각상이다. 문제는 해가 빨리지는 겨울엔 주변 어둠에 묻혀 존재감이 없다가 갑자기 보이는 이 석고상 때문에 놀란다는 점이다. 원래는 이 자리에 있지 않았다. 은행나무 길옆 대학교 공원 수풀에 있었는데 건물 공사를 하면서 자연스레 가까운 중학교 교정으로 옮겨진 것이다. 가끔 깜짝 놀라게 하는 두 조각상을 지나 언덕을 한 번 더 오르면 소나무 정원이 깔끔하게 정돈된 중학교 교정이 나온다. 천천히 걸어도 15분이면 모두 둘러볼 수 있는 작은 교정이지만 나는 아담해서 더 예쁘다고 생각했다.

나는 재개발이 시작되었을 무렵 중학교에 입학했다. 그래서인지 한 반의 정원은 겨우 25명 정도였고 선생님들과 학생들은 가족처럼 친했다. 단출한 분위기의 학교는 또 다른 집에 머무는 느낌이었다. 교실은 우리의 방이었고 교정은 큰 거실이자 놀이터였다.

학생들은 활동적이었다. 날씨가 좋은 날엔 계절에 상관없이 점심을 5분 만에 해치운 후 교정에서 점심시간이 끝날 때까지 배드민턴을 쳤다. 한두 명이 배드민턴 채를 들고 나오면 다른 반 친구들까지 어느새 다 나와 배드민턴을 쳤다. 점심시간이 끝날 즈음엔 학생들이 일제히 하늘을 바라보며 건물 안으로 뛰어 들어가는 풍경은 장관이었다.

겨울엔 배드민턴을 치기보다 공중에 공을 띄우고 2초 만에 떨어진 공을 다시 주우러 가는 일이 많았지만 나름대로 재밌었다. 계절에 따라 운동 종목이 바뀌기도 했다. 제기차기나 발야구를 하기도 하고 고무줄놀이도 했다. 하지만 바뀐 종목은 하루를 넘기지 못하고 좀 더 격하게 움직여야 하는 적극적인 배드민턴으로 돌아오곤 했다.

점심시간은 우리에게 단순히 밥만 먹는 시간이 아니었다. 오후 수업을 준비하는 체력장이었다. 교실로 다 같이 뛰어 들어가던 모습이 기억에 남는다. 성인이 된 지금은 채를 만지작거리기만 할 뿐 행동에 옮기는 게 쉽지 않다. 트렁크에 고이 모셔진 배드민턴 가방을 보면 그 시절이 생각난다.

점심시간이면 배드민턴 치는 아이들로 붐볐던 교정

1층 생물실

소나무 교정을 지나 왼쪽을 바라보면 어른 키의 4배는 넘는 큰 나무들이 빽빽하게 서 있다. 그 맞은편에 건물이 하나 있는데 지하 1층에 '생물실'을 비롯해 '과학실'(지금은 '영어 교실'로 바뀜)과 '다용도실' 그리고 '기악부' 학생들이 연습하던 연습실이 있다. 토요일에도 학교에 나갔던 학창 시절이 힘들지 않았던 이유는 토요일에는 자신이 선택한 특별 활동을 할 수 있었기 때문이다. 그곳은 '기악부'나 '사물놀이부'에 들어가지 않는 이상 생물 수업 시간 외에는 내려올 일이 없었다.

생물 수업을 들으러 가기 위해 꼭 지나야 했던 '생물실' 복도는 쳐다볼 수 없을 정도로 공포감을 줬다. 이유는 교실 복도에 있는 해부 표본 때문이다. 어쩌다 쳐다보면 기절할 것 같았다. 포름알데히드 용액에 담긴 동물과 곤충의 해부 표본이 무서웠다. 내장이 고스란히 자리 잡고 있는 토끼와 개구리뿐만 아니라 좁은 병 안에 똬리를 틀고 정면을 쳐다보는 뱀도 있었다. 표본이 가득한 복도를 지나야 교실에 들어갈 수 있었기에 생물 수업을 들으러 지하로 내려가는 길이 걱정스러울 정도였다. 눈길을 주지 않고 빠르게 지나가지만 그럴 때마다 병 안에 있는 표본들이 계속 쳐다보는 것 같았고 가끔은 혼자 움직이는지 위치가 바뀐 것처럼 보이기도 했다. 수업이 있는 날엔 항상 친구들 뒤에 숨어서 따라가거나 친구의 팔을 힘껏 붙잡고 눈을 질끈 감은 채 덜덜거리며 교실에 들어갔다.

3학년이 되어 생물실 복도에 조금은 익숙해졌을 무렵 과학 행사 때문에 다시 생물실에 가게 됐다. 회의를 마치고 나오던 친한 친구를 만나 교실 문 앞에서 얘기를 나눴다. 표본이 뒤에 있는 줄 모르고 친구의 농담에 박장대소하며 뒷걸음질하다가 팔꿈치에 차가운 병 같은 것이 닿았다. 돌아보니 평소에 귀엽다고 생각했던, 입이 하늘을 향한 채 내장을 모두 꺼내 보이고 있는 토끼가 병 속에 들어 있었다. 그 후로는 '생물실' 근처에서 친구와 절대 떠들지 않았다. 무조건 밖으로 나와 이야기를 나누고 다시 교실로 돌아가곤 했다.

여전히 무서운 생물실

'미술실'과 '음악실'은 고등학교 건물에 있었다. 그중 음악실은 1층에 있었는데 음악 수업이 있는 날엔 수업 시작 15분 전에 서둘러 출발했다. 중학교와 고등학교 가 연결된 통로에 있는 매점에 들러야 했기 때문이다.

매점을 이용하는 일은 치열했다. 매점에 들어가서 가만히 있으면 물건을 얻을 수 없다. 수많은 학생을 비 집고 들어가 '고구마 피자빵'과 '피크닉 한 개'를 외쳐 야 겨우 손에 넣을 수 있었다. 그렇게 쟁취한 간식을 품 에 안고 의기양양하게 천장이 매우 높은 형태의 음악 실 문을 열고 들어갔다.

음악실은 계단식으로 이루어져 있었다. 교회에서 흔 히 볼 수 있는 장의자로 교실이 빽빽하게 채워져 있다. 교실이라기보다 홀 같은 곳이었는데 천장이 너무 높은 나머지 빛이 잘 들어오지 않아 밝은 낮에도 실내는 어 두웠다. 교실 맨 뒤쪽 의자 오른편에 작은 창문이 하나

있긴 했지만 그마저도 잘 열어놓지 않아서 수업을 진행하는 앞쪽 칠판을 중심으로 모여 앉았다. 뒤쪽은 컴컴하게 어두워서 왠지 모르게 으스스함이 느껴졌다.

그러던 중 우리에게 공포감을 안겨준 음악실 이야기가 돌았다. 소문인즉슨 음악실의 어두운 뒷자리에 앉아보고 싶었던 한 학생이 친구와 함께 뒷좌석 가운데쯤 자리 잡고 앉았다. 수업이 끝나갈 때까지 아무 일도 일어나지 않았는데 수업이 얼마 남지 않았을 때 우연히 옆을 쳐다보니 어떤 작은 남자아이가 옆 좌석 밑에 쪼그리고 앉아 자기를 쳐다보고 있더라는 것이었다. 그 순간 학생은 비명을 지르며 일어났고 옆에 있던 친구도 덩달아 같이 놀라서 반 전체가 한바탕 난리가 났었다는 소문이었다.

우린 이 이야기를 듣고 '한낱 소문에 불과하겠지.'라고 생각했지만, 한편으론 '그 음악실이라면 그럴 수도 있어.'라는 생각이 들기도 했다. 소문의 여파가 컸는지 학생들은 음악 수업 시간이면 서로 앞자리에 앉으려고 비좁은 틈에 끼여 앉기도 했다. 자신의 뒷줄에 아무도 앉지 않는 날엔 수업이 끝날 때까지 의자 밑을 계속 쳐다보는 학생도 있었다. 크고 작은 소문이 많았던 음악실은 3학년 때쯤 같은 건물 5층으로 옮겨졌다. 출입문을 제외하고 사방이 창문으로 둘러싸여서 학교의 키큰 나무들이 잘 보이는 곳이었다. 밝아진 음악실 분위기로 1층에 있던 계단 음악실의 소문도 서서히 잊혀 갔다. 지금도 친구들을 만나면 그때 이야기를 한다. 그런 음악실은 이전에도 없었고 앞으로도 없을 거라고.

실외로 걸어가면 또 다른 출입문으로 음악실에 도착할 수 있다

5장.

알았어요,
천하태평으로 갈게요

최초의 KFC

'정도약국' 맞은편에 아현동 최초의 프랜차이즈 치킨 집이 들어왔다. 그 이름은 바로 'KFC'. 가게가 오픈하는 첫날, 사람들은 문 앞은 물론이고 건물을 빙 둘러싸며 줄을 섰다. 학원에 가던 길에 늘어선 사람들을 보며 '뭔데 사람이 이렇게 많지?'라고 생각했다. 다음 날 엄마와 같이 방문한 KFC는 전날과 마찬가지로 사람들이 줄을 길게 서 있었다. 기다리는 과정은 지루했지만 포장한 음식을 가지고 사람들이 문을 열고 나올 때마다 가게 안에서 풍기는 맛있는 냄새가 궁금해 꾹 참고 기다렸다. 드디어 우리 차례가 되었고 기본 치킨 세트 1개와 비스킷 2개를 시켰다. 주문하는 도중에도 가게 안은 포장을 기다리는 사람, 콜라를 리필하는 사람, 냅킨이 더 없느냐고 물어보는 사람 등으로 북새통을 이루어 앉을 자리가 없었다. 우리는 포장된 음식을 받자마자 집으로 돌아왔다.

포장을 뜯은 순간 처음 맡아보는 양념 냄새와 바삭하게 튀겨진 치킨의 자태에 놀랐다. 고소한 기름 냄새는 나의 미각을 자극하기에 충분했으나 손가락으로 들어 올린 치킨 조각의 후추가 콕콕 박힌 겉면은 생각보다는 눅눅하게 보였다. 그간 먹어온 치킨은 굉장히 바삭하거나 튀김옷 없이 치킨 자체를 튀긴 옛날 통닭 혹은 오븐에 구운 치킨 위주였기에 생김새가 더 낯설었다. 후추를 뒤집어쓰고 눅눅한 튀김옷을 입은 치킨이라니. 식욕이 살짝 떨어지긴 했지만 '길게 줄까지 서서 사왔는데'라고 생각하며 한입 베어 물었다. 그 순간 '유레카! 세상에서 제일 맛있는 음식을 찾았다!'라는 생각이 들었다.

짭짤하면서 기름 맛이 살짝 느껴지는 치킨은 최고였다. 하교 후엔 항상 엄마를 졸라 어떻게든 KFC로 유인했다. 세상에서 제일 맛있는 음식인 치킨 때문이기도 했지만 그곳에 가는 또 다른 이유는 바로 비스킷 때문이었다. 스콘과 다르게 바삭하면서 버터와 잘 어우러진 보슬보슬한 빵 맛의 비스킷은 두 번째로 제일 맛있는 음식이었다. 용기를 반으로 접으면 가운데에서 잼이 나오는 최첨단 딸기잼을 갓 나온 비스킷에 바른 후

나무 스틱으로 버터를 한 스푼 떠 그 옆에 같이 발라 한 입 베어 물면 '이 맛을 느끼려고 지금까지 그 많은 치킨과 빵을 먹은 것이었구나.'하는 생각이 들었다.

빨간 바탕색에 커다란 흰색 글씨로 'KFC'라고 쓰인 간판 아래 검은색 지팡이를 들고 환하게 웃으며 서 있는 할아버지 동상이 기억난다. 날이 갈수록 할아버지는 얼굴에 다양한 수염이 생기고 안경도 3개가 넘게 그려졌지만 매장 앞에 없어선 안 될 존재였다. 초등학교 내내 좋아했던 KFC는 '버거킹'과 '배스킨라빈스'와 같은 프랜차이즈 업체가 연이어 들어오면서 어느 순간 그 자리에서 사라졌지만 지금까지도 그 자리를 보면 줄을 길게 늘어섰던 오픈 첫날 사람들의 모습이 떠오른다.

항상 낙서로 가득했던 KFC 할아버지 동상

천하태평

KFC가 있는 건물은 사거리에서 가장 높은 7층짜리 건물이었다. 건물 지하에는 친구들과 자주 가던 '에떼 노래방'도 있었고 건물 건너편에는 동네에서 제일 큰 규모의 안경원도 있었다. 건물을 양쪽에 두고 앞으로 걸어가면 먹자골목 초입에 '천하태평'이라고 이름 붙여진 삼겹살집이 있었는데 그 삼겹살집에는 짧은 쫄쫄이 티셔츠 밑으로 배가 살짝 나온 아저씨 캐릭터가 그려져 있었다.

초등학교 이후 먹자골목이 생겨났을 때부터 부모님과 자주 방문하던 음식점 중 하나였는데 근방에 있는 삼겹살집 중에서 음식이 깔끔하고 가게도 제일 깨끗했다. 가게 주인도 굉장히 친절해서 밥 먹으러 갈 때마다 즐거운 기분까지 덤으로 얻고 오는 집이기도 했다. 고기를 정말 좋아하는 우리 가족은 일주일에 두세 번 정도 '천하태평'에서 삼겹살을 먹었다.

하교 시간이 다가오면 엄마에게 문자가 왔다. "천하태평으로 와라." 문자를 받으면 동생과 함께 그곳으로 갔다. 아빠와 엄마는 항상 먼저 도착해서 어김없이 삼겹살을 굽고 계셨다. 당시만 해도 손가락 한 마디 정도 두께의 두툼한 삼겹살을 주는 집이 없었는데 이곳은 지금 생각해도 푸짐한 양의 삼겹살이 나왔다. 삼겹살을 구워 먹다가 밥을 시키면 팔팔 끓는 된장찌개와 함께 나왔는데 찌개도 정말 맛있었다. (엄마가 비법을 물어보실 정도였다.) 고깃집에서 먹는 된장찌개는 유난히 맛있게 느껴지는 것도 있지만 매콤하면서도 깔끔한 이 집 스타일의 된장찌개는 유달리 맛있었다.

8년 넘게 단골집이었던 '천하태평'은 먹자골목이 재개발되면서 문을 닫게 되었다. 불과 며칠 전만 해도 그곳에서 가족과 식사를 했는데 어느 날 갑자기 간판만 남긴 채 식탁도 의자도 모두 없어지고 엑스 표시의 테이프가 붙은 깨진 창문만 남아 있었다. 먹자골목에 있던 다른 집들도 사정은 마찬가지였다. 먹자골목에 오래 남아있던 음식점 중 몇 군데는 다른 곳으로 이전하기도 했지만 '천하태평'은 사장님이 장사를 아예 그만두셨는지 다시는 동네에서 볼 수 없었다.

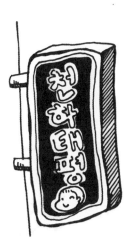

늘어선 간판 중, 눈에 제일 잘 들어왔던 '천하태평' 글자

언덕 위 포차

먹자골목 언덕으로 5분 정도 걸어 올라가면 사거리가 나온다. 사거리 왼편에 빨간 천막을 뒤집어쓴 포차가 있는데 우리 가족의 두 번째 단골집이었다. 포차는 투명한 천막의 지퍼를 올리고 들어가면 내부 열기 때문에 항상 훈훈했다. 가운데에 화로가 있는 철제 식탁을 중심으로 빨간색과 파란색의 플라스틱 의자가 빙 둘러 놓여 있다. 포차 벽에 붙어 있는 주문서를 보고 있으면 주인아저씨께서 뜨겁게 달궈진 숯이 담긴 화로를 들고 와 한가운데 넣어주신다.

그곳은 여러 종류의 고기를 팔았지만 그중에서 갈매기살이 제일 인기였다. 부모님께서 갈매기살을 주문하시는 모습을 보고 처음엔 기겁했었다. "정말 바다에 사는 갈매기 고기예요?" 부모님은 정말 그렇다고 하셨다. 충격의 도가니에 빠져 있는 상황에서 나온 고기는 삼겹살과는 달리 길쭉한 모양에 하얀색 지방이 보이지 않는 정말 순수 살코기 같은 모습이어서 중학교에 올라갈 때까지도 진짜 갈매기 고기인 줄 알았다. (이후 어느 라디오에서 갈매기살에 대해 설명해 주는 것을 듣고서야 갈매기살의 정체를 알게 됐다.) 그러거나 말거나 고기라면 환장을 했기에 마냥 잘 먹었다. 갈매기살은 구우면 특유의 냄새가 나는데 돼지고기의 누린내와 달리 감칠맛이 느껴졌다.

포차는 우리가 방문한 시간대엔 사람이 많지 않았지만 다 먹고 일어설 즈음부터 손님이 몰려들었다. 대부분이 퇴근한 가구점 아저씨들, 동네 주민과 근처 직장인이었다. 지금 회상해 보면 동네 사람들이 하루를 마무리하기 좋은 참 편한 공간이었다고 생각된다. 목을 조이고 있던 넥타이를 느슨하게 풀고 편한 자세로 술한잔을 마시며 고기 한 점을 입에 넣는 사람들의 표정은 항상 웃고 있었다. 하루 동안 고된 일도 있었겠지만 포차에서만큼은 그 고단함이 느껴지지 않았다. 엄마를 졸라 포차에 수차례 방문한 이유 중 하나는 사람들의 표정을 보려고 그랬던 것 같다.

그런 공간이었다. 이 포차뿐만 아니라 입구에서부터 40걸음 남짓 되는 작은 먹자골목은 그저 유흥을 즐기기 위한 곳, 단순히 배를 채우기 위한 곳이 아니었다. 그곳은 사람들의 시름과 한탄을 훌훌 털어버릴 수 있는 소박하지만 소중한 공간이었다.

지금은 먹자골목이 있던 곳에 아파트가 들어섰다

북성 해장국

언덕 위 포차에서 무릎이 경사면에 닿을 만큼 가파른 언덕을 15분 정도 올라가면 오른쪽 골목에 간판도 없는 해장국집이 숨어 있다. 어릴 적엔 그 길을 오르는 게 힘들었다. 언덕 중간 지점부터 시장으로 이어지기 때문에 물건을 옮기는 트럭들과 오토바이들 그리고 수많은 사람으로 정신이 없었다.

아무리 거리가 복잡하고 간판이 없다 해도 그 해장국집을 찾는 건 어렵지 않았다. 반경 500m 전부터 그 집만의 특이한 냄새가 났기 때문이다. 약간은 꼬릿한 그 냄새를 따라가다 보면 어느새 대문 앞에 이르렀다. 해장국집은 외관이 매우 허름했다. 잘 열리지도 않는 낡고 뻑뻑한 유리문이 깨질세라 살살 열고 들어가면 어두컴컴한 형광등이 내부를 비추고 있었다. 처음 들어갔을 땐 도대체 음식을 팔긴 하는 건지 의문이 들었다.

자리에 앉자마자 나이가 많이 드신 주인 할머니가 깍두기와 공깃밥을 내오셨다. 그리곤 말없이 주방으로 들어가셨다. (메뉴가 한 가지라 굳이 물어보지 않으셨다.) 그제야 둘러본 식당 내부에는 옥색의 딱딱한 등받이 의자에 기대어 혼자 식사하는 손님이 5명 정도 보였다. 근처 시장에서 일하다가 식사하러 잠깐 오시는 분들인 듯했다.

주인 할머니가 주방에 들어가신 지 5분이 채 되지 않았을 때 뿌연 김이 올라오는 하얀 해장국 뚝배기 두 개를 들고 나오셨다. 특별한 인사 없이 쿨하게 뒤돌아 가시는 할머니의 뒷모습이 왠지 익숙했다. 식탁 위에 놓인 휴지통 오른쪽에 굵은 소금통과 후추통을 집어 잔뜩 넣은 후 한술을 떴다.

싱거웠다. 그땐 짜게 먹는 걸 좋아했는데 (엄마 몰래) 소금을 많이 집어넣고 밥을 반 공기 말아서 깍두기와 같이 먹으면 간도 딱 맞고 고소하기까지 해서 맛있었다. 꼬릿한 냄새를 풍기던 하얀 국물에서 어떻게 그런 맛이 났는지 지금도 이해가 안 된다.

계절에 상관없이 애용하던 해장국집은 재개발이 시작되면서 먹자골목의 가게들이 사라지기 훨씬 전에 먼저 문을 닫았다. 아무래도 언덕 위에 있는 시장부터 개발을 시작했기 때문인 듯했다. 더는 못 먹을 줄 알았던 해장국집은 8년 후 '한성고등학교'로 가는 길에 있는 골목에 다시 생겼다. 주인 할머니의 아들이 이어서 운영한다고 들었던 듯하다. 우리 가족은 반가운 마음을 안고 달려갔다. 맛이 없진 않았으나 예전의 꼬릿한 냄새를 풍기던 그 해장국은 아니었다.

골목마다 간판없는 음식점이 자리하고 있다

크리스탈 레스토랑

사거리 장난감 가게

이석제 내과

6장.

장 보면 무거운데
또 손 아프겠네

크리스탈 레스토랑

'아현시장'에 들어가기 전 초입에는 현재의 '다이소'가 아니라 '크리스탈' 레스토랑이 있었다. 입구에서 식당으로 들어가는 길이 특이한 구조였는데 지하 1층과 아래 반 층까지 구불구불한 계단이 계속 이어져 있었다. 처음 레스토랑 입구에 도착했을 때 '이렇게 어둡고 컴컴한 곳에 식당이 있다니'하고 의아하게 생각했다. 지상에서 한참 깊은 곳에 위치한 그곳은 빛이 들어오지 않고 형광등 빛마저 어두컴컴하게 느껴졌다.

문을 열고 들어갔다. 멋지게 나비넥타이를 맨 아저씨가 화려하고 예쁜 술병이 진열된 장에 걸쳐둔 유리잔을 깨끗한 수건으로 닦고 계셨다. 그러다 문 앞에 있는 엄마와 나를 발견하곤 안쪽으로 자리를 안내해 주셨다. 레스토랑 안의 좌석은 모두 개별적인 공간으로 만들어져 있었다. 주문하거나 음식을 갖다 주는 때를 제외하곤 커튼과 가림막 역할을 하는 작은 나무 미닫이문이 열리는 일은 없었다. 주문을 끝내고 미닫이문이

닫히면 그제야 주변을 둘러보았다. 어두컴컴한 내부에 분홍과 주황빛을 내뿜는 포인트 조명이 곳곳에 있어 분위기가 아늑하고 좋았다. 작게 흘러나오는 음악은 콧노래를 절로 흥얼거리게 했다. 초등학교 시절 이곳을 방문할 때면 어른스러운 레스토랑 분위기에 취해 나도 나이 많은 어른이 된 기분이 들었다.

그곳은 경양식집으로 그 당시에 흔하지 않던 코스 요리가 나왔다. 애피타이저로는 후추를 살짝 뿌린 크림수프가 나왔는데 종업원이 식탁 위에 크림수프 접시를 놓고 나가자마자 폭풍 흡입을 한 후 엄마 몫의 수프까지 다 먹어버렸다. 집에서도 손쉽게 해 먹을 수 있는 크림수프가 이곳에만 오면 어찌나 그렇게 맛있던지.

수프 그릇을 가져가고 나면 방금 튀긴 돈가스 정식이 나왔다. 동그랗게 잘 뭉쳐진 고슬고슬한 밥과 달달한 소스가 흠뻑 뿌려져 있는 돈가스, 그 옆에 새우튀김 두 조각, 잘게 잘린 채소가 맛있었던 마카로니 샐러드까지 한 접시에 모두 담긴 모습을 보고 있으면 절로 행복해졌다. 고기를 큼직하게 잘라 포크로 몇 번 집어 먹다 보면 순식간에 접시가 깨끗하게 비워졌다. 후식으로 나오는 상큼한 셔벗까지 먹고 나면 세상에서 제일 행복하고 배부른 사람이 되었다.

　동네에 처음 생긴 후 오랜 시간 자리를 지켰던 '크리스탈' 레스토랑은 아현역 부근에 새로운 음식점이 들어설 때도 주민에게 전통 있는 맛집으로 통했다. 아현동에서 제일 오래 운영한 경양식집이기도 했다. 레스토랑은 내가 중학교를 졸업하던 해에 간판을 내려 지하에 있던 다른 상점과 함께 조용히 사라졌다. 아현시장 입구라는 특이성 때문에 재개발의 여파가 제일 먼저 미친 것 같았다. 졸업식을 마치고 걸어가다가 레스토랑이 간판을 내리는 것을 우연히 보았었다. 초등학교 시절부터 익숙하지만 특별한 경험을 선사해 준 음식점의 간판이 내려지는 모습을 바라보는 것은 마음이 쓰린 일이었다. '크리스탈'이 사라진 이후 지금까지도 아현동엔 돈가스가 나오는 경양식집은 '테라스'가 유일하다.

간판 아래로 펼쳐진 계단

사거리 장난감 가게

아현시장엔 항상 사람이 많았다. 동네에 있는 유일한 시장이었기 때문이다. 생활에 필요한 주전자와 스테인리스 그릇을 비롯하여 장독도 팔고 신발, 옷 등의 잡화와 어묵, 채소, 떡 등도 팔았다. 판매하는 품목이 참 다양했다. 시장 안쪽으로 쭉 들어가면 어린이 옷이나 장난감을 파는 곳도 있었다. 내가 제일 좋아하는 곳은 장난감 가게였다.

가구점 골목의 첫 번째 집에 살 땐 해가 지면 아빠를 기다리느라 대문 소리에 귀를 쫑긋 세우고 있었다. 마당에 나와 서서 기다리기도 하고 엄마랑 책을 읽으며 기다리기도 했다. '이쯤이면 오실 텐데'라고 생각하면 골목 입구에서 약주를 걸친 후 흥얼거리시는 아빠의 목소리가 들렸다. 내복 바람으로 급하게 슬리퍼를 찾아 신고 철문을 열면 나를 발견하시고 함박웃음을 짓는 아빠가 보였다. 그 틈을 타 아빠에게 '장난감을 사러 가자'고 외쳤다. 당시엔 마법 소녀들이 나오는 만화가 유행이었는데 그중에서도 '별의 요정 코미'에 푹 빠져 있던 터라 마법 지팡이에 큰 욕심을 품고 있었다. 아빠는 업히라며 등을 내주셨고 '일하고 온 사람 피곤하게 한다'며 잔소리하시는 엄마를 뒤로한 채 모른 척 눈을 감고 고개를 돌렸다. 일단 장난감을 손에 넣는 것이 중요했다. 시장 안에 있는 장난감 가게는 밤늦게까지 문을 열었다. 아빠가 평소보다 늦게 퇴근하셔서 집에 도착하자마자 바로 출발해 11시쯤에 가게에 도착해도 가게는 항상 열려 있었기에 언제나 장난감을 사러 갈 수 있었다.

가게 바깥까지 장난감이 수두룩하게 쌓여 있는 그곳은 멀리서도 빛났다. 아빠 등에서 내려 장난감을 구경하고 있으면 주인아저씨가 웃으면서 나오셨다. 아저씨가 아빠와 말씀을 나누시는 동안 세상 심각한 고민에 빠진다. '웨딩피치'에 나오는 부케 요술봉을 살지, '별나라 요정 코미'에 나오는 위아래 귀여운 별모양 요술봉을 사야 할지. 머릿속이 금방이라도 터질 것처럼 고민하고 있으면 이윽고 다 골랐느냐고 물어보신다. 고민 끝에 원래 갖고 싶었던 코미의 요술봉을 골랐다.

고학년이 될 때까지 아빠와 장난감 집에 꽤나 갔다. 나이를 먹으며 발길이 뜸해졌던 장난감 가게는 중학생이 된 후 엄마와 장 보러 갔다가 그 자리에서 사라진 것을 알게 되었다. 시장이 대대적인 리모델링과 품목 정리를 하면서 그만두는 상점이 많았는데 그 시기에 없어진 듯했다. 아이들이 많은 동네였기에 오랜 시간 자리를 지킬 줄 알았던 장난감 가게는 몇 년 후 솜틀집으로 바뀌었다.

장난감 가게가 있었던 곳의 현재 모습

이석제 내과

지금은 아현역에서 가까운 곳으로 옮겼지만 예전 KFC
가 있던 자리에서 2분 정도 걸어가면 '이석제 내과'가 있
었다. 동네 한가운데에 있어서인지 항상 사람이 많았다.
초등학교에 들어가기 전부터 스무 살이 넘은 현재까지
도 으슬으슬 감기 기운이 있을 때면 매번 찾는 내과다.
영업한 지 25년도 넘었지만 자리가 바뀐 것을 제외하곤
아무것도 변하지 않았다. 일하는 간호사 언니들 세 분도
그렇고 머리가 하얗게 센 의사 선생님도.

문을 열고 들어가면 접수를 담당하는 간호사 언니 뒤
쪽에 수많은 환자의 차트가 꽂혀 있다. 오래된 차트가 많
아 대부분 낡은 갈색을 띠는 종이 파일이지만 간호사 언
니들은 해당하는 환자의 파일을 척척 찾아서 뽑아낸다.
접수하고 기다리면 5분 뒤 뾰족한 인상의 간호사 언니
가 이름을 부르고 손짓한다. 진료실로 들어가 의자에 앉

으면 팔이 순식간에 조였다가 풀어지는 혈압계를 팔에 채워주고 머리가 허옇게 센 할아버지 의사 선생님께서 나긋하고 따스한 어조로 '어디가 아파서 왔냐'고 물어보신다.

감기 기운에 관해 이야기를 하면 원형의 차가운 청진기를 가슴에 대고 "숨을 크게 쉬어보세요."라고 하신다. 그리고 아이스크림 막대기 같은 걸로 혀를 눌러 목구멍을 살펴보고 말씀하신다. "집에서 물 많이 마시고 몸은 따뜻하게 하세요. 약은 3일분 지어 드릴게요." 진료실에서 나오면 바로 왼쪽에 있는 공간에서 간호사 언니가 부른다. 밝고 인상이 좋으신 분인데 어린 시절부터 봐와서 그런지 능숙하게 말을 거신다. 이런저런 얘기를 하다 보면 어느새 다 되었다며 사용한 주사기를 정리한다. 아직 얼얼한 엉덩이를 붙들고 접수대 앞에 앉으면 처방전을 가져가라고 부른다.

병원 바로 옆에 있는 약국으로 가서 처방전을 내밀면 서비스로 '비타500'을 주신다. 낯익은 약사 선생님께 인사한 후 약봉지를 받아서 곧바로 한 개를 입에 털어 넣었다. 유독 '이석제 내과'에서 처방받은 감기약은 잘 들어서 5일 치를 더 지어 당분간 상비약으로 보관하기도 한다.

　여느 병원과 마찬가지로 평범한 진료 과정이지만 시간이 차곡차곡 쌓아준 감정은 어느 때보다 안정감을 느끼게 했다. 신기하게 이석제 내과에 다녀오고 3일 뒤면 감기가 씻은 듯이 낫는다.

내과의 뒷골목에 위치한 약국

7장.

배도 부른데
돌아서 걸어서 가요

비둘기 마당

　'비둘기 마당'은 초등학생 때부터 자연스럽게 불렀던 지명이다. 초등학교 시절 친구들과 장난스럽게 불렀던 표현이 어느 순간부터 모두가 부르는 지명이 됐다. 이곳은 '아현초등학교'에서 '충정로역' 방향으로 걸어가다 보면 사거리에서 큰 횡단보도를 건너기 위해 만들어진 작은 공원에 있다. 손보다 훨씬 넓적한 잎을 갖고 있고 키가 전봇대의 두 배만큼 자라는 플라타너스가 여러 그루 심겨 있는데 그래서인지 비둘기들이 바글댔다. 그곳에 비둘기가 많았던 이유를 생각해 보면 하루에 두 번씩 비둘기에게 밥을 주는 할머니 때문인 것 같다. 초등학생들이 등교하는 아침 시간에 와서 쌀알같이 생긴 사료를 이리저리 휙휙 뿌리고 계셨고 어떤 때는 하교 시간에 맞춰 오셨다.

　이곳이 가까워지면 가로등 위부터 살펴야 한다. 걷다가 비둘기 배설물을 맞는 경우가 있어서다. 횡단보도의 신호가 바뀌기 전까지 바글바글한 비둘기 떼와 가지가 바람에 이리저리 흔들리는 거대한 나무 사이에 덩그러니 서 있어야 했다. 그래서 가만히만 있어도 비둘기들이 무서웠다. 하교하면서 동전 몇 개로 산 불량 식품이라도 들고 있으면 어느새 과자 봉지를 들고 있는 팔 주변으로 비둘기가 몰려와서 깡패처럼 쳐다봤다. 동물의 눈이 아니었다. 당시엔 비둘기 개체 수가 많이 늘어나서 사람이 직접 먹이를 주면 안 된다고 선전했다. 비둘기와 잠깐 눈싸움을 하고 있으면 줄 마음이 없는 걸 알아챘는지 고개를 돌려 무리로 돌아가 자리를 잡고 앉는다. 그 후로 과자를 먹으면서 집에 가는 날엔 신호등에 도착하기 전까지 꾸역꾸역 입에 다 넣으며 걸어갔던 기억이 난다.

행인은 비둘기를 피해서 걸어가면 되었지만 차도는 상황이 달랐다. 보도 한가운데에서 먹이를 먹고 자리를 잡는 데 익숙해진 비둘기들은 차가 쌩쌩 지나가는 차도에도 내려앉아 있곤 했다. 위험해 보였다. 아니나 다를까 횡단보도 주변에서 형체가 일그러진 비둘기 사체를 꽤나 자주 보았다. 이후로 차도 쪽으로 걷고 있는 비둘기를 보면 친구들과 공원 쪽으로 몰기도 했는데 비둘기들이 우리 마음을 몰라서 그런지 아무 소용이 없었다. 가끔은 비둘기들과 함께 횡단보도를 건너간 적도 있는데 자신을 사람이라고 생각하는 건 아닐까 하는 의심이 순간 들기도 했다.

비둘기 미당에 서서 바라본 건너편 모습. 아현감리교회가 보인다

아현감리교회 어린이집

비둘기 마당에 서서 맞은편을 바라보면 빨간 벽돌로 지어진 큰 교회가 보인다. 동네에서 제일 큰 교회인데 초등학교에 입학하기 전부터 그 자리에 있었다. 첫 번째 집에 살고 있던 어느 날 깜깜한 밤에 누군가가 우리 집 대문을 부서져라 두들겼다. 부모님께서 깜짝 놀라 문을 여시니 손에 양동이를 하나씩 든 동네 사람들이 몰려와 다급한 모습으로 서 있었다. 지금 우리 집 뒤편 교회에 불이 났다고 했다. (우리 집에는 교회로 이어지는 안 쓰는 샛문이 하나 있었다.) 대문을 활짝 열고 부모님과 동네 사람들이 일렬로 서서 물을 퍼 나르기 시작했다. 이 사건 후에 집 뒤에 있는 교회에 관심을 갖게 되었다.

교회에 다니고 계시던 엄마 친구분이 부활절 행사 때 학용품 세트나 달걀을 받으러 오라고 해서 가끔 가곤 했지만 연이 없을 것 같던 이 교회 어린이집에 동생이 다니게 되었다. 집에서 불과 5분 거리에 있었고 나무도 많고 선생님들도 좋아 신청을 했는데 우연인지 운명인지 합격하여 동생은 집에서 가까운 어린이집에 다녔다.

어린이집이 끝날 시간이 되면 '동생을 데리고 집으로 오라'는 엄마의 명령 때문에 교회에 자주 갔다. 정말 가기 싫어 죽겠다는 얼굴을 하고 교회 정원의 나무들 사이에 앉아 있으면 노란색 동그란 가방을 멘 아이들이 유리문을 박차고 우르르 달려 나왔다. 그 속에서 동생을 찾아 신발을 신기고 집에 돌아오는 일은 너무 귀찮았다. (외모가 정말 귀여운 동생이었는데 왜 그랬는지 모르겠다.) 하루는 친구들이랑 놀다가 늦게 동생을 데리러 간 적이 있었는데 내 동생만 빈 교실에 혼자 남아 놀고 있었다. 그후로는 항상 수업이 끝나기 20분 전에 가서 기다렸다.

동생이 어린이집을 졸업하고 나서도 우린 그곳에서 자주 놀았다. 넓어서 공놀이를 하든 고무줄놀이를 하든 뛰어놀기 좋은 환경이었다. 주말에 그곳에서 놀다 보면 교회 강당에서 결혼식을 올리는 모습을 볼 수 있었다. 하얀 드레스를 입은 신부의 뒷모습을 까치발을 들고 구경하기도 했다. 시간이 흘러 교회는 새로운 건물도 여러 채 지으며 규모가 커졌다. 많이 변한 교회 외관에 놀라기도 했지만 어린이집은 옛날 모습 그대로라 안도의 숨을 내쉬었다.

애오개 나무

아현시장을 지나 앞으로 쭉 걸어가면 빨간 벽돌담이 보인다. 그 길을 따라 걸어가다 보면 '아현초등학교'라는 문패가 달린 학교가 나온다. 엄마는 이 학교를 다니셨다. 아빠는 근처에 있는 '북성초등학교'를 다니셨는데 어쩌다 학교 이야기가 나오면 학교 자랑 배틀이 시작된다. 어느 초등학교나 그렇듯 재밌는 소문이 많기 때문이다.

아빠 말씀에 따르면 '북성초등학교' 운동장에는 청동으로 만들어진 이순신 동상이 있는데 칼을 칼집에 넣어 가만히 들고 있던 동상이 밤만 되면 칼을 빼 들고 서 있다고 하셨다. "너무 무섭지 않아? 아현초에는 이런 소문 없었지?"하며 의기양양한 표정으로 엄마를 바라보시면 엄마는 콧방귀를 뀌며 이야기를 이어나가셨다. "아현동의 우리말 지명이 애오개인 것을 알기나 해?"라며 '애오개'의 의미가 여럿 있지만 그중 '애기무덤'이라는 뜻도 있다고 했다. 전쟁 직후 애기들의 시체를 이 고개에 묻도록 해서 지어진 이름인데 그 무덤들 위에 초등학교를 지었기 때문에 학교에선 가끔 알 수 없는 일이 일어나곤 했다는 것이다. 특히 초등학교 안에 있는 운동장에 커다랗지만 오래되어 잎이 피지 않는 고목이 있는데 그 나무에서 가끔 사람들이 헛것을 본다고 했다. 하얀 연이 나뭇가지에 걸려 있을 때 나무 밑을 보면 애기 귀신이 보인다고 했다. 엄마는 이내 이야기를 마무리 지으시며 그 이야기는 굉장히 유명한 소문이었다고 어깨를 들썩이셨다. 부모님은 곧 다른 이야기로 말을 이어 나가셨지만 나에게는 들리지 않았다. 그곳에서 하얀 연을 본 적이 있기 때문이다.

초등학교 대부분은 주민을 위해 일정 시간 운동장을 개방한다. 그래서 주말에 가면 어른들이 아이들의 놀이 기구를 이용해 운동을 하거나 트랙을 걷는 모습을 볼 수 있다. 연을 봤던 그 주말은 평소와 달리 운동하는 사람이 없었다. 그래서 친구들과 신나게 놀았다. 그 전엔 무서워서 끝까지 못 올라가던 정글짐도 맨 꼭대기에 앉아 보고 그네도 하늘에 닿을 만큼 높이 탔다. 친구들이 화장실에 다녀온다며 사라지는 바람에 운동장에 혼자 덩그러니 있을 때였다. 평소엔 눈에 들어오지 않던 운동장 한편의 나무가 보였다. 잎이 하나도 없던 나뭇가지에 마름모꼴의 흰 연이 매달려 있었다. 연을 날릴 계절도 시기도 아니었다. '주변에 지나가는 사람도 없는데 웬 연일까'하며 나무 밑으로 가서 쳐다보고 있는데 어떤 할아버지가 오셔서 똑같이 연을 바라보았다. (분명 그냥 사람이었다.) 얼마 되지 않아 화장실에 갔던 친구들이 와서 집으로 돌아왔으나 다음 날 학교에 갔을 때 연은 없었다. 어린 시절의 기억이 왜곡되었을 수도 있지만 그날은 분명하게 기억난다.

하나문구와 아동문구

초등학교 앞에 문구점 세 개가 있었다. 학교 앞 신호등 건너편에 몰려 있었는데 골목 초입에 오래된 간판과 아이스크림 냉장고가 돋보이는 하나문구가 있었고, 안쪽으로 일곱 걸음 정도 가면 깔끔하게 정리된 물건과 밝은 조명이 인상적인 아동문구가 있었다. 이 두 문구점이 한창 번창할 때 길가에 알파문구가 생겼다.

알파문구는 어른을 위한 사무용품이 많았고 다른 두 곳의 문구점보다 가격이 비싸서 초등학생들은 거의 가지 않았다. 그래서 하나문구와 아동문구에 항상 아이들이 바글바글했다. 그런 까닭에 두 문구점은 경쟁 구도에 있었다. 비교적 젊은 부부가 운영하는 아동문구는 모든 면에서 빨랐다. 다음 주까지 준비해 오라고 선생님이 당부하신 교구들은 그날 오후 어느새 갖춰져 있었고 깔끔한 새 물건들이라 부모님의 선호도도 높았다.

그에 반해 주인아저씨 혼자 운영했던 하나문구는 교구를 갖추기 보다는 일반적으로 자주 바꿔 주어야 하는 물건들, 가령 실내화나 공책 같은 학용품과 작은 과자를 종류별로 아주 저렴하게 구비해 두었다. 엄마들이 선호하는 곳은 아동문구일지 몰라도 내 친구들을 비롯한 초등학생들은 하나문구를 더 좋아했다. 조금은 엄하고 무서웠던 주인아저씨가 함께한 공간에서 다채로운 색깔의 과자를 고르다 보면 희대의 난관에 봉착했다. 가진 건 단돈 이백 원. 과자 네 개를 살 수 있는 값이었기에 신중해야 했다. 먹을수록 혀가 파래지는 페인트 사탕, 맥주 맛은 모르지만 맥주잔 모양을 하고 있던 맥주 사탕을 비롯해 알약을 꼭 닮은 알록달록 사탕, 바삭하고 손가락 다섯 마디 길이의 길쭉한 초코 과자는 튀김 안에 살살 녹는 초콜릿이 들어 있어서 인기가 많았다. 우리에겐 불량 식품이 아니라 완전식품이었다.

아이들의 선호도가 날로 높아지자 중간에 아동문구도 다양한 과자를 갖다 두기 시작했다. 하나문구와 비교가 안 될 정도로 다양한 종류였다. 싸고 맛있지만 종류가 한정적이라 아쉬워하던 학생들의 마음을 빼앗을 만했다. 위기의식을 느꼈던 걸까. 하나문구는 그해 겨울 따끈한 찜기에서 바로 꺼내 종이컵에 담을 수 있을 정도로 작은 찐만두를 팔았다. 고기만두는 한 개에 오십 원, 김치만두는 한 개에 백 원이었다. 하교 종이 울리면 학생들은 건너편으로 건너가기 위한 횡단보도에서 발을 동동 구르다가 쏜살같이 뛰어가 줄을 섰다. 새로운 만두를 찜기에 넣고 익기를 기다리는 동안 아이들은 신호등 바로 옆까지 이어질 정도로 긴 줄을 섰다. 속이 꽉 찬 만두는 아니었지만 작고 소중한 간식이었기에 기다리는 시간도 행복했다.

부채, 실내화 등 필요한 준비물은 무조건 학교 앞 문구점에서!

이사 선언

이삿날 아침

8장.

우리 정말
이사 가?

이사 선언

이사를 간다는 것은 아주 먼 훗날 일어날 일이라 여겼었다. 우리 가족은 한 번도 이 동네를 벗어난 적이 없었기에 우스갯소리로 하는 얘기일 거라고만 생각했다. 심상치 않은 이사의 조짐이 보이기 시작한 건 빠르게 진행되고 있던 재개발의 영향이 컸다. 내가 초등학생 때부터 간간이 진행되던 재개발은 두 번이나 조합위원장이 사람들의 돈을 갖고 튀는 바람에 진행이 중단되곤 했다. 부모님은 '이 동네가 재개발이 되려면 10년은 넘어야 한다'고 말씀하셨는데 얼추 비슷한 시기가 다가온 것이다.

중학교에 입학하고 나서부터 동네에서는 한 집 건너마다 빨간 깃발이 꽂히기 시작했다. 개발에 반대하는 사람들이 걸어 놓은 항의 표시였다. 간혹 하교하다 보면 동네에 사시는 할머니, 할아버지를 비롯한 주민 일부가 도로에 앉아 시위를 하기도 했다. 재개발이 본격

적으로 시작되었던 건 고등학교 1학년이 지났을 무렵
이다. '아현초등학교' 뒤쪽과 '한성고등학교' 앞 라인을
포함하여 아현동의 제일 높은 언덕에 있었던 '두산 아
파트' 아래쪽이 재개발 공사에 들어갔다. 익숙했던 가
게들을 허물고 부수기 시작하면서 동네 분위기도 급속
도로 예민해졌다. (가구점 거리는 얽혀 있는 이해관계
가 많아 개발 사업이 제일 어려운 곳이 되어 긴 세월 지
금까지도 그대로이다.) 동네 전체의 반에 해당하는 면
적에 콘크리트 골조가 들어서기 시작했을 무렵 부모님
께서 이사를 생각하고 있다고 말씀하셨다. 오랜 세월
버텨 왔지만 어수선한 분위기에 휩쓸리지 말고 이사가
는 방법을 생각해 보자고 하셨다.

집을 내놓았으나 몇 달 동안 산다는 사람이 없었다.
특이한 천장 구조에 많이 낡은 건물이라 그런지 집을
보러오는 사람이 적었다. 부모님은 집을 제값에 팔 수
있을지 걱정하셨다. 그러던 중 집에 혼자 있던 어느 날
별안간 울린 초인종 소리를 듣고 대문으로 내려갔다.
서류와 볼펜을 손에 한 뭉치 들고 있는 부동산 아저씨
와 매서운 눈매가 인상적인 아저씨가 집을 보러왔다
며 문을 두드렸다. 집을 보러온 아저씨는 굉장히 꼼꼼

하게 집을 살폈다. 창고 문도 열어보고 창문틀도 만져보고 4층에도 올라가 이것저것 열어보며 혼자서 집을 뛰어다녔다. 그러고 아저씨는 잘 봤다며 간단한 인사만 하고 갑자기 나갔다. '그냥 집을 살펴보러 온 아저씨구나.'라고 생각했는데 3일 뒤 부모님이 집이 팔렸다고 했다. 그 아저씨가 계약을 했던 것이다. 투자 목적이든 아니든 우리 집이 팔렸다는 사실에 모두 신기해했다. 이 낡은 집을 누가 사느냐면서.

집이 매매된 후 부모님은 바빠졌다. 이사 갈 집을 한 달 정도 보러 다니셨다. 두 분 모두 지금까지 서울을 벗어나 본 적이 없는데 이젠 조용한 동네에 정착하고 싶다며 서울 외곽으로 돌아다니더니 이내 일산의 한 집을 골랐다. 가족 모두 직접 방문해 본 결과 모두 의견이 모아져 새집의 계약이 마무리되었다.

이사 가기 하루 전, 방에서 찍은 사진

이삿날 아침

이삿날 하루 전까지 우리 가족은 필요한 짐을 싸고 필요 없는 짐은 버리기 바빴다. 혹여 빠트린 물건이 있을까 봐 상자에 꼭꼭 눌러 담았고 동생은 공들여 맞춘 1000피스 짜리 퍼즐이 옮기는 도중 흩어질까 걱정하며 아빠와 액체 접착제로 하나씩 붙이기 바빴다. 가족 개인의 짐이 있는 3층의 물건을 모두 정리하고 나서 우리 가족 네 명 모두는 대망의 4층으로 올라갔다. 집이란 공간은 그 너비가 넓어질수록 살림도 두 배로 늘어난다. 그동안 필요하지만 잘 쓰지는 않던 물건은 모조리 4층의 창고와 붙박이장에 칸칸이 쑤셔 놓았는데 그 양이 어마어마할 것을 우린 피부로 느끼고 있었다.

일단 4층 창고에 처박혀 있던 선풍기 같은 가전제품을 꺼내 고장 난 물건을 모두 모아 놓은 다음 사용 가능한 것을 선별했다. 다음으로 큰 문제인 계절 옷을 한데

모아 정리하기 시작했다. 가족 4명이 20년간 입은 사계절 옷이 모두 그곳에 있었다. 최대한 버리기로 약속하고 옷을 분류했는데 사촌 동생에게 물려주거나 이웃에게 많이 주고도 사이즈가 작거나 털이 많이 빠져서 입을 수 없는 옷이 한 트럭 정도 나왔다. 일단 대문 밖으로 옮겨 쌓아두기 시작하니 폐지를 주워 가는 할아버지가 손수레를 갖고 오셔서 세 번을 왔다 갔다 하며 가져가셨다. 많은 양의 옷을 버리고 나니 그제야 집의 구조가 명확하게 드러났다. 각오하고 시작했던 4층의 짐 정리가 끝난 후 우리 가족은 내일을 기약하며 잠들었다.

화창한 아침 큰 트럭과 함께 인부 아저씨들이 도착했다. 짐은 다 싸 둔 상태였지만 3층과 4층을 사용했던 집의 특성상 대문까지 짐을 갖고 내려가는 게 쉽지 않아 보였다. 우리 가족은 조금이라도 도와드리려고 옆에 있었는데 아저씨들이 오히려 방해되니 근처에 있다가 바로 이사 갈 집으로 가라며 쫓아내셨다. 근처 카페에서 가만히 앉아 있으니 연고지가 없는 새로운 동네로 이사 간다는 마음이 문득 벅차게 느껴졌다. '그곳에서 잘 살 수 있을까?', '사람들은 어떨까?', '동네 교통편은 어떻게 될까' 등 많은 생각이 계속해서 머릿속을 헤집었다. 속을 가득 메운 생각에 잠식될 때쯤 새로운 집으로 출발했다. 새집으로 향하는 길은 도로가 넓고 건물이 낮아서 하늘이 잘 보였다. 집들이 다닥다닥 붙어 있던 기존 동네와 상반되는 풍경이었다. 서울을 벗어난다는 건 이런 거였다. 걱정했던 마음이 조용히 가라앉고 있었다.

새집에 도착했다. 커다란 창문을 이용해 이삿짐이 하나둘 옮겨지고 있었다. 실제로 보니 이사가 점점 현실로 다가왔다. 짐을 모두 정리하긴 했지만 주문한 가전제품과 가구가 아직 오지 않아 거실 바닥에 4명이 함께 누워 잠을 잤다.

이사하고 나서 아빠는 일 때문에 아현동에 자주 가지는 못했지만 엄마는 아현동에서 다녔던 스포츠센터를 아침마다 지하철을 타고 다녔고 동생과 나는 홍대에서 놀고 아현동을 지나 지하철을 타고 돌아왔다. 며칠 지나지 않았지만 그새 바뀐 동네 모습을 바라보며 이동했다.

9장.

이후의

이야기

새로운 동네,
새로운 사람들

책이 처음 나왔던 2018년도에 우리 가족은 새로운 동네에 정착하고 있었다. 마음은 아니었지만 몸은 그랬다. 새로운 동네에 산 지 벌써 5년이 다 되어 간다. 어느 때든 역으로 향하면 항상 전철이 도착하던 서울 지하철 습관에서 벗어나 이제는 집을 나서기 전에 열차 시각을 확인한다. 친구들과 자주 모이는 홍대에서 시간 제약 없이 놀고 집까지 30분 만에 걸어갔던 예전과 달리, 11시 55분의 마지막 지하철과 집 근처에서 내려주는 버스 막차가 새벽 1시 30분인 까닭에 친구들과 만나는 동안은 그 시간에 온전히 집중하려고 노력하였다.

이러한 일에 익숙해지기까지 당황스러웠다. 마음껏 놀 수 있는 환경이었다가 꼭 지켜야 하는 제약이 생긴 것이었다. 전보다 일찍 헤어져야 하는 아쉬움에 밖에서 밤새고 첫차를 타고 들어갔던 초창기와 달리 지금은 시간을 효율적으로 사용하고 있다. 일찍 만나 일찍 헤어지는 습관을 친구들에게 전파하고 있다.

엄마는 20년이 넘게 열심히 다닌 아현동 운동 클럽을 이사하고 2년 뒤 그만두셨다. 그리고는 새집 근처에 있는 다른 운동 클럽을 알아보고 도전하듯 가입하셨다. 이사 오고 나서도 친하게 지냈던 사람들과 헤어지는 게 힘들다며 한 시간 거리를 왕복하시던 엄마는 달라지기 시작하셨다. 새로운 환경에 적응할 생각에 겁이 나기도 했지만 익숙해진 지금은, 아침마다 사람이 넘쳐나는 지하철을 타고 그동안 어떻게 한 시간을 왔다 갔다 했는지 모르겠다고 하신다.

아빠는 직업의 특성상 아현동에 자주 가진 못하시지만 잠시 시간이 나면 할머니를 뵙고 오기도 하며 그래도 가족 중에선 제일 자주 왕래하는 편이시다. 이사 온 새집이 '주변 시설도 그렇지만 조용해서 이렇게 살기 좋은 곳이 없다'고 말씀하시다가도 "그래도… 아현동도 좋았지."라는 말씀을 아끼지 않으시는 걸 보면 오랜 추억이 담긴 동네를 그리워하고 계신 듯하다.

동생은 이사 오고 얼마 되지 않아 새집에서 멀리 떨어진 지역으로 취업하게 되었다. 기숙사 생활을 하느라 집엔 잘 오지 못하지만 한 달에 두 번 정도 집에 머물 때면 함께 호수공원에 나가 구경을 하거나 맛있는 것을 사 먹기도 한다.

이사 오고 나서 가장 많이 바뀐 점이라면 마음의 여유가 생겼다는 것이다. 무엇이든 꽉 들어차 있던 서울과 다른 점이 많다. 건물이 낮아 하늘이 가깝게 느껴지고 집으로 가는 길엔 나무들이 빼곡하게 들어선 숲길을 지나야 하기에 산책하는 습관도 생겼다. 오래 살았던 탓에 복층 구조에 익숙했던 우리 가족은 이제 단층으로 구분되어 집에서 제일 큰 부분을 차지하는 탁 트인 거실에서 상을 펴고 이야기를 나누거나 좋아하는 영화를 보며 생각을 나누는 생활에 이미 적응이 되었다.

가족들이 옥상에 가꾸기 시작한 텃밭

나   아현동 생각하면 떠오르는 게 뭐예요?

엄마   뭐가 없는데? 너무 오래 살아서 지겨워.

아빠   대표적으로 굴다리가 떠오르지!

나   맞아! '아현동'하면 굴다리지!

엄마   엄마는 아현동 싫어하는거 모르니?

나   나는 엄마가 아현동을 싫어하게 된 이유를 알 것 같아! 집 앞 쓰레기 때문에 그렇지?

엄마   그것도 있지. 사람들이 계속 우리 집 차고지나 공간에 몰래 쓰레기를 갖다 버려서 구청에 신고도 하고 아예 화단으로 꾸며서 버리지 못하게 했었지.

나   그때 구청에서 엄마 표창 받아야 된다고 그랬었는데….

엄마   그 후엔 사람들이 다른 집 앞에 갖다 버려서 문제가 많았지. 쓰레기가 제일 문제였어.

나   그거 말고 다른 이유는?

엄마   옆집 소리 다 들리던 거? 매일같이 있는 것 같았다니까.

가족들   엄마는 안 좋은 것만 기억나나 봐.

나   나는 거기 생각나는데. '영화반점'!

아빠   맛있었지. 자주 시켜 먹던 단골집이었잖아. 맞은편 '명통갈비'는 친할아버지 때부터 단골이라 자주 갔었고.

엄마   '천하태평' 고깃집이 생기기 전부터 많이 갔었지. 그 양념 갈비랑 겉절이가 정말 맛있었는데 주인 할아버지가 돌아가시기 전에 그 겉절이 비법을 자식한테 안 가르쳐 주신 거야. 그때부터 맛이 달라졌지.

나 우리 초등학교, 중학교 졸업식 끝나고도 항상 가서 짜장면 먹고 갈비 먹고 그랬잖아. 교복 입고! 기억난다. 너는 '아현동'하면 기억나는 거 없어?

동생 난 우리 두 번째 집에서 언니가 스무 살에 술 만취해서 들어온 거. 침대에 눕자마자 엄마가 대야에 물을 받아서 언니에게 뿌렸지. 그리고 새벽까지 연락 안 되고 늦게 들어왔을 때 엄마한테 후라이팬으로….

나 그만! 아니 '아현동'하면 떠오르는 거 얘기하라니까!

동생 그게 다야. 항상 재밌었으니까.

나 그럼 새 집으로 이사 와서 좋은 점은?

엄마 일단 조용한 게 정말 좋지. 여긴 사는 사람도 볼 기회가 많지 않아서 별장에 온 것 같다니깐. 새로운 동네라 처음엔 걱정도 했는데 사람들도 재밌고, 동네도 마음에 들어.

아빠 '정말 조용한 거' 하나는 신기해. 근데 사람 사는 것 같은 '아현동'만의 복닥복닥한 느낌도 좋아서 둘 다 장점이 있는 것 같아.

나 예전 집도 좋았지. 아담해서 가족끼리 옹기종기 재밌었다구!

아빠 전에는 4층에 텔레비전이 있어서 다들 각자 봤었지만, 복층이 아닌 곳으로 이사 오다 보니 텔레비전을 거실에 두게 되어 주말에 다 같이 영화 보거나 복면가왕을 보게 되었잖아. 하하

나 잠깐만, 내가 '아현동'에 대해 얘기해 달라고 했던 것 같은데?

동생 원래 우리 집은 다 같이 얘기해도 각자 얘기하잖아. 아까부터 그랬는데!

나 그렇다면 결론은?

가족들 우리 쟁반짜장 시켜 먹을까?

나　　너희는 '아현동' 하면 떠오르는 게 뭐야?

동규　　난 명심보감 천자문. (크크크)

나　　그거 우리 초등학교 때 잘못하면 썼던 거? 깜지의 시초였지.

동규　　수학여행 가기 전날에도 다 같이 남아서 썼던 것 같아. 뭘 잘못했었더라.

태형　　난 그런 건 기억 안 나고, 초등학교 때 우리 어머니들 오셔서 바자회 했던 거 기억남. '아나바다 운동'이었나?

나　　정말 오랜만에 듣는다. 아껴쓰고 나눠 쓰고 바꿔 쓰고 다시 쓰자! 기억난다. (흐흐)

정훈　　난 그 아현검도장 옆에 비디오 대여해 주는 대여점 있었잖아. '으뜸과 버금'! 거기 기억난다.

나　　맞다. 우리 비디오 세대였지! 엄청 빌려 봤었는데… 금액을 충전해 두고 다녔는데 반납 기한을 늘 안 지켜서 항상 차감되곤 했어.

친구들　　다들 그랬지 뭐.

나　　그 당시 동네에서 제일 인기 있는 대여점이었는데 세월 따라 어느새 없어졌어. 한 3년 전에 북아현 3동에서 작은 대여점이 남아 있는 걸 본 적이 있는데 바람처럼 사라졌어.

나	나는 우리 초등학교 때 기억나는 게 언젠가 뭘 크게 잘못해서 우리 다 같이 책상에 올라가서 의자 들고 벌 받았던 거 기억나.
현서	맞아. 책상에 올라가서 "저희가 잘못했어요. 선생님 울지 마세요."하고 모두 눈물바다였지.
성훈	애들이 하도 떠들어서 그런 거였지? 그랬던 것 같은데….
정욱	왜인지 모르겠지만 다들 울었다.
동규	그때 생각이 새록새록 나는군.
현서	(사진을 보내며) 이거 기억나? 우리 불국사 수학 여행가서 찍은 거!
나	수학여행은 항상 경주에 가서 불국사와 석굴암을 보는 거였지. 12년동안. 아니 근데 이 사진이 있다고?
현서	담임 선생님이 그때 네이버 카페 만들어 두신 거기에 다 있지. 우리 초등학교 졸업하기 전에 반 친구들에게 썼던 기록장도 다 남아 있다고!
친구들	대박!
현서	다음 주에 만날 때 다들 갖고 와. 잊지 말고!
친구들	오케이!

나 혹시 너희는 '아현동'하면 떠오르는 게 뭐야?

수지 난 육교랑 고가도로.

나 정말 오랜만에 듣는다. 항상 있었는데 없어진 지 조금 되었다고 그새 잊고 있었어!

재윤 맞아. 우리 동네 상징 같은 거였는데. 아현역에서 나오면 어디서든 바로 보였잖아. 워낙에 커서 항상 햇빛을 가리는 바람에 고가도로가 있는 곳은 항상 어둡기도 했고 좀 침침했지.

홍빈 그러게. 그리고 북아현 3동에 우리 학교가 있었잖아. 마을 버스를 타고 이대라도 가려면 고가도로 때문에 차가 너무 막혀서 항상 오래 걸렸지.

다영 고가도로 철거된 지 벌써 7년이 넘었네. 그때 기자들 오고 난리도 아니었는데.

나 맞네. 고가도로 사라지고 나니까 이대역 가는 방향에 있던 육교도 같이 사라졌던 거 기억나? 건널 때 꽤 무서웠는데.

친구들 어어. 기억나.

나   아, 그리고 홍등가도 기억난다.

수지   헐! 나도 기억나. 아직도 간판이 남아있긴 하더라.

     이대역에서 아현역 오는 중간 지점에 있던 그곳 말하는 거지? 사람들이랑 차가 그렇게 많이 다니던 대로변에 홍등가가 있어서 정말 놀랐었지.

지혜   맞아. 학원 끝나고 집에 오는 버스 안에서 바깥을 보면 붉은 불빛들이 다 보이곤 했었어.

나   참, 그러고 보니까 우리 초등학교 바로 옆에 포장마차가 많이 있었잖아.

재윤   그래. 유명했지.

나   맞아. 근데 몇 년 전인가 갑자기 포차 외벽에 빨간 스프레이가 칠해지더니 어느 날 뉴스를 보니까 철거됐다고 나오더라고. 다음 날 그곳을 지나가는데 왠지 이상한 기분이 들었어.

수지   우리도 모르게 큰 변화가 일고 있는 동네가 가끔은 당황스러워. 우리들은 아직 '아현동'에 살고 있잖아. 우리 집 앞에만 해도 원래 다니던 길은 다 없어지고 높은 아파트로 가득해. 장점도 있겠지만 좀 씁쓸하기도 하고 그래.

홍빈   맞아. 그래도 우리 중학교는 안 변해서 다행이야. 그 하얀 동상들 아직도 있더라.

나   책에도 그 이야기가 있어. 난 지금도 좀 무서워.

홍빈   아니, 내가 동상에 관한 소문을 또 듣고 왔는데 말이야.

     그 동상이….

나의 포근했던 아현동

2018년 08월 29일   1판 3쇄 발행
2019년 09월 03일   2판 2쇄 발행
2022년 04월 20일   3판 1쇄 발행

지은이   박지현

교정교열   신수일
표지 그림   Kimu (@kimu_grim)
편집 디자인   박지현

펴낸곳   아홉프레스
출판등록   제 2018 - 000066호
주소   경기도 고양시 일산서구 탄중로 101번길
                  33-31, 402호
팩스   0504 - 024 - 3349
인스타그램   @sah00247 / @ahhope_press
전자우편   sah00247@naver.com

ISBN   979-11-963615-4-9 (02810)